ANTHONY MORTON

LE BARON EST BON PRINCE

Traduit de l'anglais par Claire Séguin

LIBRAIRIE DES CHAMPS-ÉLYSÉES

Ce roman a paru sous le titre original :

THE BARON COMES BACK

I

La confortable salle à manger du Mendor's Club était presque déserte. L'un après l'autre, ses habitués avaient disparu dans le fumoir voisin, où, bien dissimulés derrière le *Times*, ils allaient pouvoir somnoler discrètement.

John Mannering posa sa tasse vide, jeta un coup d'œil à sa montre et conclut que les Anglais étaient aussi incapables de faire un bon café que les Français d'être exacts à un rendez-vous. 2 h 5 : M. de La Roche-Cassel était en retard. De cinq minutes à peine, mais Mannering ne plaisantait pas avec l'exactitude. Son métier lui avait appris la valeur d'une seconde : pour brève qu'elle soit, elle suffisait à changer le cours d'une destinée. Par exemple, elle pouvait envoyer en prison, et pendant de longues années, un des piliers de la haute société londonienne, à la plus grande stupéfaction de ses amis...

Car John Mannering, sportif, oisif, dandy, collectionneur de bijoux, et charmant garçon s'il en fût, était cambrioleur de son métier.

Cambrioleur en retraite, pour être juste. Mais, comme il le disait parfois à Lorna Fauntley :

– Une fois voleur, toujours voleur!

Et Lorna répondait invariablement, avec un froncement de sourcils indigné :

– Mais vous n'êtes pas un voleur, mon chéri! Vous êtes le Baron!

La nuance, en effet, était de taille.

Il y a cinq ans environ, la presse, enchantée, et la police, moins enthousiaste, avaient découvert un nouveau gentleman-cambrioleur, qui surpassait de loin ses devanciers. La perfection de ses méthodes, sa maîtrise, son audace, le choix de ses victimes, toujours richissimes, et ses procédés pacifiques – il n'était jamais armé que de ses poings, et d'un attendrissant pistolet à gaz – lui avaient attiré la sympathie du public et, chose beaucoup plus rare, l'estime de ses adversaires de Scotland Yard.

Il avait joyeusement pillé les grands collectionneurs de bijoux d'Angleterre. Aucun coffre, aucune chambre forte ne lui résistait. Il écoulait son butin avec un art consommé, et, comme le disait tristement l'inspecteur chef Bristow :

– Un bijou volé par le Baron, c'est un bijou qu'on ne retrouve pas!

Slogan qui faisait la joie de Mannering.

Puis, brusquement, après plus de deux années d'une intense activité, le Baron avait cessé de faire parler de lui... et John Mannering était parti en voyage avec Lorna Fauntley. Ils avaient chassé le lion au Kenya, pêché le saumon au Canada, écouté du Mozart à Salzbourg et du Wagner à Bayreuth, couru les antiquaires de Paris. Les douairières avaient jasé, et jasaient encore, car John et Lorna étaient toujours inséparables. Mais personne n'avait jamais osé poser tout haut la question que tout le monde chuchotait tout bas :

– Pourquoi donc ne se marient-ils pas?

Plusieurs fois, depuis qu'il s'était « rangé » – par amour pour Lorna, qui tremblait de le savoir toujours entre la vie et la mort, entre la liberté et la prison –, Mannering avait eu l'occasion de faire appel aux talents très particuliers du Baron. Ce n'était plus pour augmenter un compte en banque déjà impressionnant, mais pour rendre service à ses amis, aux amis de Lorna, et même à la police, car le Baron possédait des moyens d'information moins légaux mais plus efficaces que ceux du Yard.

L'ironie de la situation plaisait alors tout particulièrement à John. Il avait fallu près de six mois à l'inspecteur Bristow – le vieux Bill pour tous les mauvais garçons de Londres – pour découvrir, à son immense surprise, que John Mannering et le Baron ne faisaient qu'un. Mais le découvrir était une chose, le prouver une autre. Malgré ses efforts, le Yard n'y était jamais arrivé et, résigné, entretenait avec son adversaire des rapports curieux, où la méfiance se mêlait à l'estime.

2 h 10...

John haussa les épaules : M. de La Roche-Cassel exagérait vraiment! Soudain, il leva les sourcils, surpris : du fumoir voisin venait un léger brouhaha. Oh! des plus discrets... Mais enfin! Au Mendor's, le silence absolu était une règle sacro-sainte. Curieux de voir ce qui pouvait bien tirer les vénérables habitués de leur recueillement et de leur sieste, John se dirigea vers le fumoir.

Fait inhabituel, plusieurs membres du club – parmi les plus jeunes, il faut le dire – étaient massés devant les grandes fenêtres qui donnaient sur la rue. John s'approcha d'eux.

– Que se passe-t-il, Tommy?

Sans se retourner, Tommy Raftburry répondit laconiquement :

– Oh! un accident. Un type renversé par une voiture. L'ambulance va l'emporter... mais pas à l'hôpital. Son compte est bon, pauvre bougre.

Se penchant, John aperçut en effet une ambulance, une civière, et un drap que des infirmiers étendaient soigneusement sur une forme inerte.

Et mentalement, il présenta ses excuses à M. de La Roche-Cassel, exact à son rendez-vous. Mais mort.

Une heure plus tard, à Scotland Yard, un planton pénétrait dans le bureau où le superintendant Lynch travaillait avec l'inspecteur chef Bristow, et annonçait John Mannering.

Le super – masse énorme enveloppée plutôt qu'habillée de tweeds marron amples à souhait, voix de basse et œil malin – prit un air étonné, et regarda son subordonné, impeccable comme toujours dans son costume de serge bleue, d'une élégance toute militaire, droit comme un i, mince, le visage encore jeune sous ses cheveux grisonnants taillés en brosse.

– Mannering? Qu'est-ce qu'il peut bien nous vouloir, Bill? Il était bien tranquille dans son coin depuis... voyons...

– Depuis plus de deux ans, monsieur. Il en est sorti quatre ou cinq fois, mais pour le bon motif. Nous sommes même allés le chercher!

– Je me souviens... sans lui le jeune Halliwell était bon pour la corde, et nous avions une belle erreur judiciaire sur la conscience.

– Mannering n'a pas oublié de se payer, en subtilisant quelques bijoux au passage!

– Sacré Mannering! soupira le super. Il est vraiment très fort. Dire que nous n'avons jamais pu lui reprocher quoi que ce soit de précis! Avouez-le, Bill, ça vous fait plutôt plaisir. Je vous soupçonne de faire une prière tous les soirs pour ne pas être obligé de l'arrêter le lendemain!

Bristow leva un sourcil résigné :

– Il m'a sauvé la vie, monsieur! C'est une chose

difficile à oublier! Et puis... il est plutôt sympathique, entre nous.

– Non seulement il est sympathique, mais il n'est jamais ennuyeux, même quand il se paie notre tête!

Mannering entrait, grand et bien découplé dans son complet de flanelle gris fer. Sa cravate feuille morte s'harmonisait avec ses yeux noisette pétillants de malice, de petites rides ironiques atténuaient la régularité presque trop parfaite de ses traits, et son sourire aurait désarmé une douairière.

– Bristow est là? s'exclama-t-il joyeusement. Tous les bonheurs! Bonjour, messieurs.

Sans y être invité, il s'installa dans un fauteuil, prenant soin de ne pas froisser le pli de son pantalon, et, sortant de sa poche un mince étui d'or, offrit des cigarettes aux deux policiers. Bristow en prit une, Lynch étendit la main vers sa pipe.

– Toujours d'attaque, au Yard, à ce que je vois!

– Vous aussi, Mannering. Vous n'avez pas pris un centimètre de tour de taille depuis que je vous ai vu. Je parie que vous faites de la culture physique! remarqua Lynch, que ses cent vingt kilos rendaient facilement agressif dès que l'on parlait poids.

– Si ce n'était que cela! Je fais de la boxe, du judo, de la natation, du tennis, du cheval, du golf...

– Arrêtez! soupira le super. C'est effrayant!

– Mais ce n'est pas de ces activités-là que je suis venu vous entretenir, messieurs. J'ai quelque chose d'intéressant à vous raconter. Du travail pour vous, probablement. Vous avez de quoi écrire, Bill? Vous pourriez prendre des notes. Mon histoire est un peu compliquée.

Bristow étendit la main vers un bloc-notes. Lynch alluma sa pipe.

– Pour commencer, il faut vous rappeler que je suis un collectionneur de bijoux notoire.

Lynch poussa un grognement sarcastique :

– Ça commence bien, votre histoire! Notoire, en effet. Mais collectionneur...

– Collectionneur, parfaitement! protesta John, très digne. Il n'y a pas un bijou de ma collection que je n'aie payé de bon argent.

– Oui, mais l'argent, d'où venait-il? demanda Lynch. Probablement de la vente d'autres bijoux... que vous n'aviez pas achetés ceux-là!

John prit un air résigné :

– Mon cher Lynch, je suis venu pour vous raconter une histoire. Une histoire vraie. Et pas pour écouter le conte de fées que vous me débitez chaque fois que vous me voyez. Je suis le Baron, c'est votre dada, votre idée fixe. Pourquoi pas Arsène Lupin, tant que vous y êtes! Prouvez-le d'abord, nous en parlerons ensuite. Mais pour l'instant, laissez-moi parler. Il y a quelque temps, on m'a proposé des diamants. D'une façon bizarre, et plutôt suspecte. Or, je n'achète jamais de bijoux de provenance inconnue, remarqua vertueusement John. Je me suis donc méfié.

Les deux policiers s'abstinrent de tout commentaire. John continua :

– Ces diamants étaient magnifiques, admirables, merveilleux. Et parfaitement assortis. De soixante carats chacun, au moins. Détail curieux, tous taillés en étoiles. Des étoiles à cinq branches. Ce sont des pierres légèrement roses qui viennent probablement de l'Amérique du Sud. Mais rien de moins sûr. Je ne suis pas expert, mais elles valent bien 30 000 livres chacune. Et il y en a cinq. Vous me suivez, Bill?

– Oui.

– Un instant, demanda Lynch. Ce sont des solitaires, ou des petits diamants assemblés en étoile?

– C'est bien là leur originalité : chaque étoile est un seul diamant! On n'a pas hésité à sacrifier une partie considérable des pierres pour les tailler ainsi. Seul un collectionneur a pu faire cela... En Angleterre, je ne connais pas d'étoiles à cinq branches. Excepté, bien entendu, celles de la Couronne. Mais je pense que si les bijoux royaux disparaissaient, vous seriez peut-être informés? On ne sait jamais...

Les policiers ne bronchèrent pas.

– Ironie perdue, constata John. Je continue. Je me suis immédiatement renseigné. J'ai câblé à New York, au Brésil, en Argentine. J'ai téléphoné à Paris. Aucune étoile ne manque à l'horizon, si j'ose m'exprimer ainsi. Pas de vols, pas de disparitions...

– Qu'est-ce qui vous fait croire qu'elles ont été volées? demanda Lynch.

– La façon dont on me les a proposées, et le prix qu'on en demande. Il y a quatre jours, j'étais à mon club, le Mendor's. Un parfait étranger m'a accosté. Il s'est présenté. J'ai eu du mal à retenir son nom : François de La Roche-Cassel. Inutile d'ajouter qu'il était français! Il m'a dit qu'il avait entendu parler de moi, qu'il savait que je collectionnais les bijoux, et qu'il avait des diamants à me vendre. Habilement, il m'a fait comprendre que les pierres étaient si belles que je n'avais pas besoin de chercher à savoir d'où elles venaient.

Lynch et Bristow soupirèrent. Ils ne savaient que trop que les collectionneurs de bijoux, pour honnêtes qu'ils soient dans la vie courante, perdaient souvent la tête devant une pièce rare, et ne s'occupaient pas de sa provenance.

– J'ai eu tout le temps d'examiner les pierres.

Elles m'intéressaient. Mon homme en demandait 100 000 livres. J'en ai proposé 80 000. Et nous sommes convenus d'un autre rendez-vous, hier, toujours au Mendor's. Entre-temps, j'ai essayé de savoir d'où pouvaient bien sortir ces cinq Etoiles. Sans succès. Hier, j'ai posé franchement la question à M. de La Roche-Cassel. Il s'est contenté de répondre qu'elles étaient dans sa famille depuis des siècles. Sans plus. Il paraissait d'ailleurs sincère. Sincère, mais légèrement fou.

Lynch ne quittait pas John du regard, et Bristow écrivait rapidement.

– Il a accepté ma proposition : 80 000 livres. Et il devait m'apporter les diamants aujourd'hui; à condition toutefois qu'il me fournisse des précisions sur leur origine. Il me l'a promis. Nous avions pris rendez-vous, à 2 heures, au Mendor's. J'ai déjeuné tranquillement, me disant que si les pierres étaient de provenance douteuse, il serait toujours temps de vous prévenir, Bristow.

– Bien sûr! grogna Lynch. Vous savez aussi bien que moi, Mannering, que vous n'en auriez rien fait! Vous les auriez enfouies avec vos autres trésors cachés... et nous n'en aurions jamais entendu parler!

– C'est démoralisant, Lynch, de voir que vous avez une si piètre opinion de moi! Enfin, toujours est-il que M. de La Roche-Cassel n'était pas au rendez-vous.

– Cela vaut probablement mieux pour vous! remarqua Bristow.

– Pour moi peut-être. Mais pas pour lui!

– Où diable voulez-vous en venir, Mannering? Il a changé d'idée, ou trouvé un autre acquéreur?

– Non... Il n'a pas changé d'idée, mon cher Lynch. Il a changé de planète...

Le crayon de l'inspecteur roula à terre, et Lynch faillit laisser tomber sa pipe.

– Il est mort, si vous préférez, acheva John, impassible. Mort à 2 heures précises, devant le Mendor's, au moment où il traversait la rue. Renversé par une voiture qui a disparu aussitôt. Je suis arrivé trop tard pour voir l'accident, mais j'ai bien reconnu M. de La Roche-Cassel qu'on emportait en ambulance, mort. Et, petit détail, plus que probablement sans ses diamants!

– Comment pouvez-vous savoir cela?

– Parce qu'ils étaient dans un grand écrin de cuir rouge, assez volumineux, que La Roche-Cassel enfermait dans un porte-documents... noir. J'ai interviewé le policier de service. Je lui ai dit que j'étais un très bon ami de l'inspecteur Bristow, et il a été charmant, précisa John avec un sourire candide. Il m'a affirmé qu'on n'avait pas retrouvé de porte-documents sur les lieux de l'accident.

– Evidemment!

Lynch était songeur. Puis il haussa les épaules :

– Bah! Votre homme venait simplement vous dire qu'il vous apporterait les pierres un autre jour. Il était distrait, et n'a pas fait attention en traversant, voilà tout!

– Il n'avait pas l'air distrait, vous savez. Mais effrayé plutôt. Il était nerveux, inquiet, jetait sans arrêt des coups d'œil autour de lui. Et puis j'ai un point en commun avec Bristow : je déteste les coïncidences. Je suis persuadé que La Roche-Cassel a été assassiné – et qu'on s'est emparé des Etoiles de diamant.

– Comment était-il, votre La Roche-Cassel? demanda Lynch.

– Un homme de cinquante ans environ. Grand, mince, distingué. De longues mains soignées, des cheveux gris. Pour un Français, assez bien habillé. Il parlait admirablement l'anglais, d'ailleurs.

– On va voir ça. Vous ne nous cachez rien, évidemment?

– Evidemment! (Soudain, le sourire ironique de John disparut, et il dit gravement :) J'ajouterai pourtant que M. de La Roche-Cassel m'était sympathique et que, avec ou sans votre aide, je saurai s'il a été assassiné, et par qui.

Le superintendant posa sa pipe et essaya, sans trop y parvenir, de prendre un air redoutable :

– Et moi j'ajouterai que chaque fois que vous avez fourré votre nez dans des histoires qui ne vous regardaient pas, cela a failli vous coûter très cher. Si vous avez mis le doigt sur un crime, c'est un travail pour la police. Je ne veux pas de gêneurs. A votre place, Mannering, je renoncerais à jouer les don Quichotte.

John eut un clin d'œil impertinent :

– A votre place, Lynch, je ferais de la culture physique. Sur ce, vous n'avez plus besoin de moi, messieurs?

– Non. Mais il faudra probablement que vous veniez identifier le corps.

– Je serai chez moi, ou à Portland Place, chez les Fauntley. Deux adresses familières, n'est-ce pas, Bill? A bientôt...

Et un sourire ironique aux lèvres, il sortit tranquillement.

Lynch reprit sa pipe, et regarda Bristow, perplexe :

– Qu'est-ce que vous en pensez, Bill?

– Qu'il y a quelque chose là-dessous, fit Bristow, laconique.

– Oui... Faites-moi donc suivre notre ami, à partir de ce soir. Avant, c'est inutile. Du moins je l'espère!

Vous avez la même impression que moi, je suppose?

– Je le connais bien, monsieur, je suis certain qu'il nous cache quelque chose.

– Moi aussi, soupira Lynch.

Ce en quoi les deux policiers ne se trompaient guère.

– L'ennui avec vous, mon chéri, dit Lorna Fauntley, c'est votre côté romantique. Vous en êtes presque démodé.

John sourit, et regarda la jeune femme. Assise à ses pieds, sa robe de jersey blanc étalée autour d'elle, elle buvait un whisky bien tassé. Tout était calme dans le grand et solennel hôtel des Fauntley. Lord Fauntley était aux courses, et lady Fauntley à une vente de charité.

– Plaignez-vous! Ça doit être agréable, un amoureux romantique!

Lorna eut un lent sourire, un peu triste :

– Par moments, oui... mais à d'autres...

John caressa tendrement les beaux cheveux d'un noir profond, simplement rejetés en arrière. Puis ses doigts descendirent le long de la joue mate et dorée, et suivirent le contour de la bouche expressive, un peu grande peut-être, mais tellement séduisante.

– Allez-y, Lorna! Quand vous froncez les sourcils de cette façon, je sais que vous avez quelque chose sur le cœur. Autant m'en parler, non? Du nouveau?

Lorna leva ses beaux yeux gris, pleins de révolte et de chagrin :

– Et non, précisément! Rien de nouveau. Aucune nouvelle de Rennaggan!

– Dieu soit loué! Chaque fois qu'il réapparaît à la surface, le cher homme, c'est pour vous faire chanter! Je ne peux pas supporter votre inquiétude à ces moments-là!

– Et moi je ne peux plus supporter cette comédie, John. Si vous croyez que les gens ont encore des illusions sur votre compte! Tout le monde sait à quoi s'en tenir. Mes parents les premiers...

– Et qu'est-ce que vous proposez, mon ange?

– De vivre ensemble, au grand jour, répondit Lorna catégorique.

– Fichtre! quelle bonne idée! Pour que Mr Rennaggan saute sur cette occasion et vienne vous menacer de tout dévoiler : votre mariage avec lui... ses années de prison... ses activités variées : escroc, maître-chanteur, faussaire! Vous voyez d'ici le scandale. Votre père serait obligé de démissionner et, qui sait, nous aurions peut-être une crise gouvernementale! Que deviendrait l'Angleterre sans lord Fauntley? Il faut penser au bien public, mon amour... et rentrer chacun de notre côté le soir!

– Comment pouvez-vous plaisanter? soupira Lorna, indignée.

John devint grave :

– Je vous aime, Lorna. Je suis capable de tout pour vous. Je peux bien attendre, patiemment!

– Attendre quoi? Que Rennaggan devienne noble et compréhensif, et qu'il m'accorde le divorce?

– Certainement pas! Mais bien plutôt qu'il se fasse descendre par une crapule de son genre. Tout arrive.

Lorna jouait nerveusement avec le gros rubis qui ne quittait jamais son annulaire gauche – rubis que John avait troqué, chez son receleur favori, contre le célèbre diadème d'émeraudes de lady Fulton...

Avec un petit air buté que John connaissait bien, elle murmura :

– Ce que je comprends le moins, dans toute cette

histoire, c'est comment j'ai pu épouser cette sombre canaille!

– Bah! vous étiez une jeune gourde... C'était la guerre. Il venait d'être blessé, repartait au front. Et d'ailleurs, vous ne saviez pas que c'était une canaille. Vous avez bien moins d'excuses en ce qui me concerne. Vous n'ignoriez pas que j'étais le Baron quand vous avez fini par me dire que vous m'aimiez.

– John! C'est à cause du Baron précisément que...

John l'interrompit, narquois :

– Vous, je vous vois venir. Cet amour subit de la vie en commun... c'est pour m'empêcher de reprendre mon masque blanc et mon pistolet à gaz?

– Parfaitement, répondit Lorna avec une belle franchise. Je suis certaine que si nous étions mariés, vous n'auriez pas cette malheureuse envie d'aller jouer les don Quichotte, pour vous attirer les pires ennuis.

– Si je comprends bien, vous voudriez m'épouser, uniquement pour assurer ma sécurité?

– Exactement.

Le tendre sourire de Lorna démentait ses paroles, et John se pencha vers elle :

– Lorna, je vous ai promis de ne plus travailler pour mon compte. Mais donnez-moi la permission d'éclaircir cette histoire de diamants, je vous en prie...

– Encore faudrait-il qu'il y ait quelque chose à éclaircir! C'est probablement un simple accident!

– Si vous vous mettez à parler comme Lynch, maintenant...

– La voix de la raison, mon chéri.

– Oui, mais ce qui me plaît en vous, c'est que vous êtes parfaitement déraisonnable, d'habitude! Lorna, je suis persuadé qu'il s'agit d'un meurtre. Voyez-vous, j'ai tout raconté à la police. Mais j'ai gardé pour moi deux petits détails : d'abord, La Roche-Cassel avait fini par m'avouer, hier, que les diamants ne lui appartenaient pas, tout en m'assurant que personne ne s'apercevrait jamais de leur disparition. Ce qui me fait dire qu'il a été assassiné.

– Je vois... Et puis?

– Et puis, il avait une fille.

Les yeux gris se chargèrent d'orage

– Jeune et jolie, comme par hasard?

– Je n'en sais rien, je ne l'ai jamais vue! Serait-elle bossue et bancale, une chose est certaine : elle a besoin d'aide, à l'heure qu'il est. Son père m'a raconté une histoire assez embrouillée – je vous ai déjà dit qu'il était très nerveux – d'où il ressort que sa fille et lui-même avaient de gros ennuis d'argent. C'est pour cela qu'il venait me proposer les Etoiles. Il parlait de sa fille avec une émotion touchante...

– Vu! fit Lorna, avec un soupir résigné. Et où allons-nous la trouver, cette orpheline en détresse?

Le Destin, comme tout le monde le sait, a un faible pour les audacieux; aussi portait-il une affection toute particulière au Baron, à qui il jouait souvent des tours de sa façon. Il choisit donc ce moment précis pour frapper à la porte, fort discrètement d'ailleurs, puisqu'il empruntait les traits majestueux et compassés de Mason, maître d'hôtel modèle.

John et Lorna avaient trop l'habitude de ces coups de théâtre facétieux pour s'étonner et restèrent imperturbables lorsque Mason annonça :

– C'est une jeune demoiselle qui demande Mr Mannering, miss.

Lorna eut un sourire mi-figue mi-raisin vers John :

– Qu'est-ce que je disais...

Par pur acquit de conscience, John demanda :

– Comment s'appelle-t-elle, Mason?

Toujours très digne, mais légèrement confus, le maître d'hôtel avoua :

– Je n'ai pas très bien compris son nom, monsieur...

On entendit alors un bruit de talons hauts et une voix claire et autoritaire se chargea des présentations :

– Je suis Marie-Françoise de La Roche-Cassel. Vous excuserez mon impatience, mais qu'avez-vous fait de mon père ?

John se leva, imité par Lorna qui, tout en souriant à l'arrivante, murmura entre ses dents :

– Ce n'est pas du tout comme cela que je me représentais une orpheline en détresse !

II

Au premier coup d'œil, en effet, Mlle de La Roche-Cassel pouvait inspirer bien des sentiments, mais certainement pas la compassion! Bien campée sur ses hauts talons, elle se tenait droite comme un petit soldat, portant avec arrogance une jeune tête de médaille, couronnée de boucles dorées. Sa robe de surah bleu roi moulait une taille digne d'une héroïne romantique, mais la jeune fille en faisait virevolter la large jupe avec une désinvolture de mannequin professionnel, dévoilant des jambes nerveuses et de ravissants pieds cambrés.

« C'est un charmant bibelot! se dit John, amusé malgré la gravité du moment. Mais un bibelot qui sait ce qu'il veut! »

Le bibelot s'approcha et, sans perdre de temps en politesses superflues, s'expliqua sur l'objet de sa visite dans un anglais irréprochable que nuançait un séduisant accent français : le maître d'hôtel, abasourdi, avait disparu.

– Mr Mannering, vous aviez rendez-vous avec mon père à 2 heures. Il en est 4. Mon père n'est pas revenu à l'hôtel comme convenu. Que s'est-il passé?

De près, John remarqua que la jeune fille était très légèrement maquillée, et surtout que ses grands yeux bleus, malgré tous ses efforts, ne parvenaient pas à cacher une anxiété réelle. Il maudit le ciel qui avait mis un jour sur sa route M. de La Roche-Cassel : il se serait bien passé de la pénible mission qui l'attendait maintenant.

Une fois de plus, Lorna vint à son secours :

– Si nous nous asseyions? Une cigarette?

La jeune fille remercia d'un sourire machinal, et John en profita pour passer à l'attaque :

– Comment voulez-vous que je sache où se trouve votre père, mademoiselle?

– Il m'a dit de venir vous trouver, chez vous ou ici, s'il n'était pas rentré à l'hôtel à 3 heures et demie. Nous sommes descendus au *Regal.* Avant tout, Mr Mannering, lui avez-vous donné l'argent? (Et comme John restait interdit, elle acheva impatiemment :) Mais oui, voyons! L'argent des Etoiles... Est-ce qu'il l'avait?

– Supposons qu'il l'ait eu..., fit John prudent.

– Alors, ils le lui ont pris. J'étais sûre qu'ils le suivraient, ils nous suivent depuis Paris.

La jeune fille paraissait affolée, et pourtant l'oreille exercée de John discernait une petite fausse note dans sa voix inquiète. Lorna, elle, en bon portraitiste, avait remarqué que les jolies mains fragiles ne tremblaient aucunement, malgré l'émoi dont témoignait la bouche bien dessinée.

– D'abord, qui appelez-vous « ils »?

– Les deux hommes. Je ne les connais pas. C'est pour cela que mon père était tellement heureux de vous vendre les Etoiles, et de s'en débarrasser.

– Vous excuserez ma question, mademoiselle, mais entre nous, est-ce que ces Etoiles lui appartenaient vraiment?

Marie-Françoise de La Roche-Cassel rougit légèrement. Mais ce fut d'un ton détaché qu'elle déclara :

– Elles sont dans notre famille depuis des siècles.

John prit son courage à deux mains, et après un coup d'œil éloquent à Lorna, se décida à plonger :

– Mademoiselle, votre père n'est pas venu à notre rendez-vous aujourd'hui, et il ne m'a donc pas vendu les diamants.

– Il n'est pas venu? (L'étonnement de la jeune fille était parfaitement sincère, cette fois.) Mais il m'a quittée avant le déjeuner – j'étais invitée de mon côté – en me disant qu'il vous apportait les Etoiles à 2 heures! Vous ne l'avez pas vu?

– A vrai dire, si, je l'ai vu, fit John, de plus en plus embarrassé. Et j'ai une mauvaise nouvelle à vous apprendre. Il a eu un accident... Il a été renversé par une voiture.

– Il est blessé?

Un silence éloquent fut la seule réponse de John.

Si Mlle de La Roche-Cassel ressemblait à un petit soldat de porcelaine, elle savait encaisser comme un vieux vétéran. Ses dents nacrées s'enfoncèrent dans sa lèvre inférieure, ses doigts se crispèrent sur son grand sac de box rouge, mais c'est d'une voix parfaitement calme qu'elle demanda :

– Il est mort? Je ne vous crois pas.

De sa voix chaude et convaincante, Lorna murmura, émue :

– Si, il faut le croire, malheureusement.

D'un bond, Marie-Françoise fut debout, et, sans un mot, se dirigea vers la porte, courant presque; elle l'ouvrit, et sortit. On entendit ses hauts talons claquer à nouveau sur les dalles.

John allait la suivre mais Lorna, qui s'était approchée de la grande baie donnant sur la rue, l'appela :

– Venez voir, John! Elle a parlé de deux hommes qui la suivaient... Regardez...

A travers la fine mousseline du rideau, John vit en effet deux hommes de petite taille, qui bavardaient sur le trottoir opposé.

– Elle ne mentait donc pas, murmura-t-il. Pourtant j'aurais juré qu'elle nous racontait des histoires à dormir debout. Et vous?

– Moi aussi, avoua Lorna. Il y a quelque chose qui sonne faux chez elle. Mais ne perdez pas de temps, chéri! Il faut suivre tout ce monde-là!

– Qui est-ce qui m'envoie jouer les preux chevaliers, maintenant? fit John, narquois. Je me replonge donc dans la bagarre, une fois de plus! (Il déposa un petit baiser sur le nez de Lorna, en ajoutant :) Si Bill Bristow téléphone, dites-lui que je suis à la chasse aux papillons, mais que je reviendrai ici dès que possible.

Dans la rue tranquille, John n'eut aucun mal à repérer la robe bleue de Mlle de La Roche-Cassel. Elle marchait d'un pas décidé, comme si la terrible nouvelle qu'elle venait d'apprendre ne l'avait pas autrement émue. Pourtant, lorsqu'elle était partie précipitamment, John avait pu voir dans les grands yeux bleus un désespoir sincère. La Roche-Cassel lui avait bien dit que sa fille n'avait plus que lui au monde. Alors comment avait-elle pu se ressaisir aussi vite? John ne voyait qu'une explication : la peur. La jeune fille avait tout de suite compris que son père n'était pas mort dans un banal accident de voiture. Et elle était terrorisée. Mais pourquoi? Puisqu'on avait volé les Etoiles de La Roche-Cassel, sa fille n'avait plus rien à craindre...

A moins qu'elle ne sache qui les avait volées....

Les deux hommes n'étaient plus sur le trottoir mais roulaient très doucement dans une petite

Morris décapotée et suivaient la jeune fille. Arrivée dans Oxford Street, celle-ci s'arrêta, attendant visiblement un taxi qui ne tarda pas. La Morris suivait toujours.

Sans hésiter, John héla un second taxi et ordonna au chauffeur, sur un ton qui n'admettait pas la discussion :

– Suivez la Morris verte, devant vous...

Les trois voitures roulèrent quelques minutes dans la rue encombrée, mais soudain le taxi de Mannering s'arrêta, dans un hurlement de freins et de pneus. John faillit traverser la glace de séparation et, se redressant, aperçut une longue Jaguar noire, qui venait de couper brusquement la route du taxi, le frôlant de si près que son marchepied avait arraché un morceau de l'aile droite. Puis la Jaguar se faufila entre deux autobus et disparut, ainsi que la Morris et le taxi de Mlle de La Roche-Cassel, qui s'éloignaient tranquillement.

Le chauffeur de John, après avoir déversé un flot d'insultes particulièrement bien choisies, descendit constater les dégâts, en interpellant Mannering :

– A quoi vous jouez, vous? C'est plus de mon âge, ces plaisanteries-là!

Philosophe, John comprit qu'il n'avait aucune chance de retrouver son gibier et attendit qu'un agent – heureusement rapide et efficace – vienne faire le constat d'usage.

Puis il retourna sans se presser à Portland Place.

Pas une seconde, il ne pensa que la Jaguar noire avait pu accrocher son taxi par inadvertance. Il avait été suivi, sans aucun doute; on voulait l'empêcher de retrouver la jeune Française. Restait à savoir si le chauffeur de la Jaguar travaillait pour la jeune fille ou avec les hommes de la Morris!

Arrivé chez les Fauntley, une surprise l'attendait. Bristow était avec Lorna.

– Il me semblait bien aussi avoir reconnu votre voiture devant la porte, Bill... Inutile de vous demander si c'est moi que vous venez voir, quitte à enlever ses illusions à miss Fauntley! Vous savez qu'elle me parle souvent de vous? Elle prétend même que chaque fois qu'elle vous voit apparaître inopinément, son cœur se met à battre plus vite!

Bristow eut un sourire ambigu :

– Pour une fois, je vous crois volontiers, Mannering! Rassurez-vous, miss Fauntley. Je viens chercher notre ami pour une histoire d'identification.

– Je suis toujours à la disposition de la police, répondit John, très digne. (Et, se penchant sur la main de Lorna, il ajouta d'un air détaché :) Si elle revient, retenez-la jusqu'à mon retour. A tout à l'heure, Lorna!

L'inspecteur souleva un drap blanc, et John, d'un rapide coup d'œil, vit que la mort ne semblait pas avoir apporté la paix à M. de La Roche-Cassel. Son visage était encore crispé dans une grimace inquiète.

– C'est bien lui, Bill.

– Alors, venez. Ne restons pas ici : en trente années de métier, je n'ai jamais pu me faire à cet endroit-là!

Ils quittèrent tous deux la morgue, et déambulèrent dans les longs couloirs du Yard.

– Où m'emmenez-vous maintenant, Bill? Parce que j'ai la très nette impression que vous avez une idée de derrière la tête!

– Si votre conscience était plus tranquille, constata Bristow d'un ton rogue, cela vous tracasserait moins. Nous allons chez sir Foulkes, tout simplement.

– Enfin, je vais apprendre du nouveau! Sans reproche, Bill, vous avez traversé Londres sans dire un seul mot! On aurait dit que vous passiez votre permis de conduire. Je suppose qu'il m'est impossible de refuser cette invitation?

– J'ai un mandat dans ma poche..., dit négligemment Bristow. Mais à votre place je ne m'inquiéterais pas!

– Ce n'est pas David qui m'inquiète, remarqua John. J'ai déjeuné chez lui la semaine dernière! C'est vous!

Sir David Foulkes, en effet, commissaire adjoint du Yard, avait épousé une amie d'enfance de Mannering et, malgré les hauts faits du Baron, restait en d'excellents termes avec celui-ci.

– Pour ne pas mériter vos reproches, continua Bristow, je vais vous faire plaisir : vous aviez raison. C'est bien un meurtre. Deux jeunes filles regardaient par la fenêtre, et elles ont tout vu : une voiture s'est délibérément jetée sur La Roche-Cassel, qui traversait tranquillement, et l'a renversé pour disparaître aussitôt.

– Ce n'est pas une preuve, dirait Lynch...

– Non. Mais un piéton s'est précipité, a pris le porte-documents de votre homme, et a disparu dans la nature lui aussi. Ça, c'est une preuve.

– C'est exactement ce que je vous ai raconté, il me semble! Si seulement vous vouliez bien me croire, de temps à autre! Les deux pucelles n'ont pas pu vous donner le signalement du voleur?

– Non. Elles étaient au troisième étage! Mais la voiture...

– ... était une grande Jaguar noire, interrompit vivement John.

– Oui. Comment le savez-vous? Je croyais que vous ne l'aviez pas vue?

– A 2 heures, non. Mais à 4 heures un quart, si! Elle vient de recommencer son petit jeu. Je pourrais bien vous raconter toute l'histoire, mais vous êtes trop soupçonneux. Je préfère la garder pour David!

Ils étaient devant la porte du commissaire adjoint. Bristow posa sa main sur le bras de Mannering :

– Je voudrais vous dire quelque chose, Mannering. Cette histoire est compliquée, et embêtante. Sir Foulkes vous expliquera pourquoi. Mais je vous préviens personnellement que si vous vous amusez à tout embrouiller, je me fâcherai. Après tout, vous alliez acheter des bijoux volés... cela pourrait vous attirer des ennuis!

John ne le savait que trop. Il regarda l'inspecteur avec une hargne non dissimulée :

– C'est la petite guerre, inspecteur? Vous feriez mieux de ne pas me vexer. Sans quoi je ne vous dirai plus rien. Choisissez!

III

Légèrement plus âgé que Mannering, sir David Foulkes était un homme aimable, doté d'un solide sens de l'humour qui lui permettait de ne pas trop se fâcher quand le Baron jouait au Yard des tours de sa façon.

– Ne protestez pas, John. Je vous connais bien : vous étiez tout prêt à acheter des bijoux volés. Et quels bijoux! Les cinq Etoiles de diamants sont historiques, et appartiennent au gouvernement français, tout simplement! Elles ont été volées au château de Versailles, et remplacées par de remarquables imitations.

– Qu'est-ce qu'elles faisaient à Versailles? demanda John, ahuri.

– Il y a en ce moment une exposition d'objets ayant appartenu à la reine Marie-Antoinette. Ces Etoiles lui avaient été offertes le jour de son mariage, par le roi Louis XV.

– Fichtre! et quand s'est-on aperçu du vol?

– Mais ce matin seulement! personne n'avait rien remarqué d'anormal. Pourquoi souriez-vous, John?

– Je vais vous résumer la situation, fit John amusé. L'autre jour, j'ai téléphoné à mon ami Netter – un des plus grands bijoutiers de Paris – en lui demandant s'il connaissait les Etoiles. C'est probablement lui qui a averti la Sûreté...

– En effet, avoua Foulkes abasourdi, c'est lui qui a découvert qu'on avait mis des imitations à la place des diamants! Ce qui fait que...

– Ce qui fait que c'est grâce à mon intervention que le vol a été découvert... De même que c'est grâce à moi que vous savez que La Roche-Cassel a été assassiné... Et pour tout remerciement, vous me menacez sous prétexte que j'allais acheter des bijoux douteux! Vous n'êtes que des ingrats, si vous voulez mon avis!

– On dirait que nous avons une petite dette envers Mr Mannering, inspecteur! remarqua Foulkes. Puisque vous êtes dans d'aussi bonnes dispositions, John, dites-nous donc tout ce que vous savez...

Décidé à ne plus rien cacher au Yard, qui pouvait l'aider à retrouver la jeune Française, John raconta exactement ce qui s'était passé, sans oublier de mentionner la Morris décapotée et la grande Jaguar noire.

– Si je comprends bien, résuma Foulkes, songeur, cette petite est en danger. Savez-vous si elle comptait rester en Angleterre?

– Pas du tout : quand je lui ai appris la mort de son père, elle a filé comme une flèche, sans un mot. Mais auparavant, elle m'avait dit qu'ils étaient descendus à l'hôtel *Regal*.

– C'est maigre! Vous pouvez me donner son signalement?

– Ravissante. Pas du tout mon genre, d'ailleurs, mais ravissante quand même.

– Ce n'est pas ce qu'on appelle un signalement, au Yard!

– Eh bien, blonde, de grands yeux bleus, de très jolies jambes. Une vraie miniature.

– Je me demande comment vous vous débrouillez, soupira sir David. Chaque fois que vous êtes mêlé à une histoire, il y a au moins une paire de très jolies jambes à l'horizon! Comment était-elle habillée, votre miniature?

– Une robe bleu roi, des chaussures et un sac rouge. Pas de chapeau.

Foulkes se tourna vers Bristow :

– Il ne vous reste plus qu'à lancer un appel, inspecteur. Rapidement.

Sans un mot, Bristow sortit.

– Il n'a pas l'air de bonne humeur, remarqua Foulkes étonné car l'affabilité de Bristow était célèbre au Yard.

– Bill? Oh! cela l'ennuie que je « fourre mon nez dans cette histoire » comme il dit...

– Parce que vous avez l'intention de continuer?

– Parfaitement. La Roche-Cassel m'était sympathique, David...

– Et sa fille est ravissante!

– Ne parlez donc pas comme une femme jalouse! protesta John. Vous n'y êtes pas du tout. Il ne suffit pas de ressembler à un petit Saxe pour me plaire! Mais cette jeune personne cache quelque chose. Je veux savoir quoi. Je vous propose un marché, David. Je poursuis mes recherches. Vous savez bien que je peux vous être utile. J'ai des moyens d'information dont vous ne pouvez pas vous servir, ici...

– C'est bien ce qui m'ennuie, soupira sir Foulkes. Je les connais, vos moyens!

– Vous me laissez travailler, poursuivit Mannering. Je prends tous les risques, quels qu'ils soient, à mon compte. Et je vous fais partager tous les bénéfices. Sauf les bijoux, si je les retrouve.

– Quoi!

Foulkes bondit, indigné.

Suave, John s'expliqua :

– Oui, je vous les renvoie immédiatement, au grand complet.

– J'aime mieux ça! Ma foi, marché conclu. Mais attention, John : c'est Mannering qui enquêtera, et pas le Baron. Vous me comprenez bien? Dès que je vois apparaître un masque blanc dans le décor, je me fâche...

– J'ignorais que le blanc vous faisait un tel effet, David. D'habitude, c'est le rouge... Et maintenant, si vous appeliez Paris, pour savoir ce que la Sûreté pense de La Roche-Cassel...

– Ils n'en pensent probablement rien, si c'est le monsieur de bonne famille que vous m'avez décrit... Il faut un fichu métier pour subtiliser des bijoux à Versailles, en pleine exposition. Je serais bien étonné que votre aristocrate en soit capable!

– Moi aussi, admit John. Mais la police le connaît peut-être quand même... Ou tout au moins aura-t-elle pris des renseignements sur lui!

La police parisienne s'était en effet renseignée sur La Roche-Cassel :

– Un homme parfaitement honnête, déclara le commissaire Latapie à Foulkes, et par la même occasion à John, qui s'était emparé sans façon de l'écouteur. Mais il avait une marotte qui touchait à l'obsession, pour ne pas dire à la folie : son arbre généalogique. Il prétendait descendre de Louis XV... ni plus ni moins!

– Si j'en crois mes souvenirs d'Histoire de France, remarqua Foulkes, cela n'aurait rien d'impossible! Votre roi passait pour un sérieux amateur de familles nombreuses!

– Plaisantez toujours! La Roche-Cassel descendait peut-être de Louis XV... Pour nous, c'est sans importance. Mais ce n'est certainement pas lui qui s'est emparé des Etoiles. L'opération a été trop bien conduite, et La Roche-Cassel était incapable de l'organiser. Je vous envoie un rapport détaillé. A propos, j'espère que vous pourrez garder tout cela strictement pour vous, à Londres? Ici, rien n'a transpiré. Nous comptons sur votre aide pour récupérer les diamants. Voulez-vous que je vous envoie des hommes tout de suite?

John eut une grimace expressive, et Foulkes répondit :

– Merci, je ne crois pas que ce soit nécessaire. J'ai ce qu'il faut ici. Je vous tiendrai au courant.

– Parfait. Et... sans vouloir vous conseiller... si vous cherchiez un peu du côté du Baron... Le coup est assez audacieux et bien dans son style!

– Non. Vous oubliez que La Roche-Cassel a été assassiné, mon cher ami. Le Baron ne tue jamais. A bientôt.

Foulkes raccrocha, et regarda John, qui allumait tranquillement une Benson :

– Je pense que vous êtes de mon avis, Mannering?

– Absolument! D'ailleurs je crois comprendre ce qui s'est passé. Ce qui me gênait jusqu'ici, c'est qu'un homme aussi visiblement honnête que La Roche-Cassel puisse manipuler des bijoux volés. C'est que pour lui, il ne s'agissait pas d'un vol, mais d'une simple récupération! Il pensait en toute innocence que les Etoiles étaient sa propriété. Voilà pourquoi il m'a affirmé, et sa fille après lui, qu'elles appartenaient à sa famille. S'il se prenait pour un descendant de Louis XV, c'était une façon comme une autre de présenter la vérité. Il les a certainement fait voler par un professionnel, et le fait que ces bijoux m'aient été proposés indiquerait assez que ledit professionnel est un Anglais... ou du moins que son quartier général est en Angleterre. Je vais essayer de vous le retrouver, David! Et vous, téléphonez-moi si vous mettez la main sur Mlle de La Roche-Cassel. Et n'oubliez pas, quand vous l'interrogerez, que vous avez affaire à une descendante du roi Louis XV... fût-ce par les femmes! D'ailleurs, elle a d'assez jolies jambes pour que vous soyez charmant avec elle...

Foulkes haussa les épaules :

– Où allez-vous, maintenant?

– Chez moi. Travailler. C'est-à-dire prendre un bain. C'est dans ma baignoire que je réfléchis le mieux.

IV

Rentré chez lui, John commença par téléphoner à Lorna, qui lui apprit que Mlle de La Roche-Cassel n'était pas revenue à Portland Place, et qu'elle-même dînait ce soir avec ses parents et des amis particulièrement ennuyeux.

– Très peu pour moi, merci, soupira John. J'aime bien votre mère, et votre père m'intéresse toujours quand il parle chevaux ou bijoux. Mais les Fulton! Chaque fois que je la vois, lady Fulton me raconte en détail comment on lui a volé son diadème d'émeraudes! Comme si je ne le savais pas, et mieux qu'elle encore... Non, je ne viens pas. Mais vous, promettez-moi de faire un saut ici quand ils seront partis...

Lorna promit... et John alla se plonger jusqu'au cou dans un bain tiède, essayant de faire le point, tout en monologuant à mi-voix suivant une vieille habitude que le Baron avait contractée dans ses longues expéditions solitaires.

– *Primo :* M. de La Roche-Cassel avait un urgent besoin d'argent. « Pour sa fille », m'a-t-il dit. Reste à savoir ce que cette personne comptait en faire; on verra cela quand on la retrouvera, si on la retrouve!

» *Secundo :* descendant (authentique ou non, peu importe) du roi Louis XV, et légèrement cintré, ce pauvre homme pense tout naturellement aux Etoiles de son illustre aïeul. Mais, trop honnête et trop timoré pour s'en emparer lui-même, il charge de ce travail délicat une bande de spécialistes, profitant de l'exposition de Versailles.

» *Tertio* : je dis « une bande » parce qu'à ma connaissance, ils sont au moins trois... les deux hommes de la Morris, et le chauffeur de la Jaguar. Lesdits spécialistes font leur travail, et donnent les bijoux à La Roche-Cassel... peu soucieux d'ailleurs de manier des pierres aussi dangereuses pour eux!

» *Quarto* : méfiants, ils pistent soigneusement La Roche-Cassel, pour être certains qu'il leur donnera bien leur part.

» Seulement, c'est là que je ne comprends plus : s'ils ont volé les Etoiles pour le compte de La Roche-Cassel, pourquoi diable ont-ils supprimé celui-ci *avant* qu'il me les ait vendues? Deux explications : ou bien ils ont changé d'avis au dernier moment, et décidé de reprendre les diamants; ou bien il y a une seconde bande dans le circuit, et les voleurs de Versailles ne sont pas les assassins de Londres. Ce qui risque de tout compliquer! Il en a de bonnes, David Foulkes : « C'est Mannering qui doit enquêter, et pas le Baron! » Comme si Mannering pouvait apprendre quoi que ce soit d'intéressant... Désolé de vous contrarier, mon vieux, mais le Baron va passer à l'action. Et pour commencer, sors donc de ton bain, mon ami.

L'appartement de John était calme, confortable et discret. Depuis longtemps, il avait renoncé à avoir un domestique, qui n'aurait pas manqué de trouver pour le moins étranges certaines activités de son maître. Il alla donc choisir dans sa penderie un costume de serge marine, une chemise de soie crème, et une cravate grenat. Au moment de mettre son gilet, il sourit, haussa les épaules, et prit un joyeux gilet grenat à boutons d'argent, en murmurant :

– Si mon tailleur me voyait... enfin, tant pis!

Puis il s'attabla paisiblement devant des œufs et poulet froid, passant mentalement en revue la liste des coups de téléphone qu'il allait donner. Les receleurs de Londres n'avaient pas de secrets pour le Baron, bon client et confident discret. Si les diamants apparaissaient dans le marché clandestin, John en serait aussitôt informé. L'ennui était que les Etoiles risquaient de rester dans l'ombre pendant longtemps, en attendant que la police les oublie...

Soudain, le téléphone sonna. La bouche pleine, John alla décrocher, et faillit s'étrangler en reconnaissant la voix haute, claire et impérieuse de Mlle de La Roche-Cassel.

– Mr Mannering? Je ne vous dérange pas? (Sans lui laisser le temps de parler, elle enchaîna :) Je voulais seulement m'excuser, pour mon intrusion, tout à l'heure. J'ai vraiment perdu la tête... Tout va très bien, maintenant... Enfin aussi bien que possible.

Peu convaincu, John interrompit :

– Je ne vous crois pas, mademoiselle. Il faut que je vous voie, tout de suite. Vous êtes en danger, et vous le savez parfaitement.

Même au téléphone, Mlle de La Roche-Cassel n'était pas une très bonne comédienne, et John eut distinctement l'impression qu'elle lisait un rôle peu fait pour elle.

– Mais pas du tout! Croyez-moi, Mr Mannering, tout est arrangé. Je rentre en France... Tout ce que je vous demande, c'est de ne parler de moi à personne... Promettez-le-moi!

– Je ne vous promettrai rien. Je veux d'abord vous voir.

Une brève exclamation effrayée, un soupir, et Mlle de La Roche-Cassel raccrocha.

John aurait juré qu'elle n'était pas seule. Rapidement, il raccrocha lui aussi, puis décrocha à nouveau et demanda les renseignements.

– Ici, police, déclara-t-il sur un ton péremptoire. Je viens de recevoir un appel... je veux savoir d'où il vient... Rappelez-moi : Mayfair 81221...

– Je vous passe la surveillante, fit une voix impassible.

John resta immobile, impatient, maudissant les administrations, les surveillants, et Mlle de La Roche-Cassel. De toute évidence, celle-ci lui avait téléphoné contrainte et forcée...

Il prépara son discours à la surveillante : elle refuserait probablement de lui donner le numéro demandé... mais il lui conseillerait de téléphoner au Yard, et de leur indiquer...

Soudain, il se redressa, stupéfait, incrédule.

Derrière lui, il venait d'entendre une voix. Douce, basse, bien timbrée, elle avait un léger accent français, et murmurait lentement :

– Raccrochez-ça, Mannering. Et tournez-vous. Les mains en l'air, naturellement!

John hésita une seconde, et obéit.

Devant lui se tenait un homme de taille moyenne, élégamment vêtu de gris. Une écharpe blanche cachait le bas de son visage, et un feutre noir ses cheveux. Mais entre l'écharpe et le chapeau, deux yeux sombres étincelaient, peu rassurants. Plus rassurants pourtant que le petit automatique qui brillait dans une main gantée.

John respira profondément, et dit, très détaché :

– J'ai l'air idiot, avec les mains en l'air. Vous y tenez vraiment?

– Ma foi oui! C'est la petite de La Roche-Cassel qui téléphonait?

– On ne peut rien vous cacher.

– C'est plus prudent, en effet. Pourquoi l'avez-vous suivie, cet après-midi?

Mannering eut un léger rire :

– Au moins, vous, vous aimez les questions directes! Ça ne vous est jamais arrivé, de suivre une jolie fille? Elle m'intéresse, voilà tout.

– Ce n'est pas plutôt son père qui vous intéresse?

– Je sens que je vais avoir une crampe, soupira John. Vous ne voulez vraiment pas que je prenne une position moins ridicule?

– Allez-y, acquiesça l'homme à l'écharpe blanche. Mais je vous préviens, je ne vous quitte pas de l'œil...

– Oh! si ce n'était pas de l'œil... c'est plutôt votre main qui me gêne, vous savez, remarqua John en abaissant lentement ses bras. Je peux fumer?

– Fumer, oui. Mais jouer au plus malin, non. Je suis un excellent tireur.

– Je n'en doute pas...

John prit une Benson et l'alluma d'une main qui ne tremblait pas.

– Vous n'avez pas répondu à ma question, Mannering... C'est Mlle ou M. de La Roche-Cassel qui vous intéresse?

– Ni l'un ni l'autre, fit John, décidé à abattre ses cartes. Ce sont les cinq Etoiles de diamant.

L'homme ne put réprimer un sursaut, et le petit revolver fit un écart, vite réprimé.

– Alors, vous êtes au courant?

– Evidemment!

– Je suppose que c'est grâce à votre intervention

que Netter est allé inspecter de près les imitations de Versailles?

– Je vous l'ai déjà dit : on ne peut rien vous cacher...

– Belle idée que vous avez eue là! Sans vous, tout se passait bien.

– Qu'est-ce que vous attendez? Que je vous fasse des excuses?

– Je n'en demande pas tant. Je veux seulement que vous veniez avec moi.

– Venir avec vous?

L'étonnement de Mannering n'était pas joué...

– Et sans traîner, encore! A moins que vous en ayez assez de la vie! Je tire vite, je vous l'ai dit. En trois minutes, je suis en bas, où une voiture m'attend. Personne ne saura jamais que je suis venu ici. Ceci pour vous faire comprendre que je n'hésiterai pas une seconde à vous abattre, si vous refusez de me suivre. J'ai ordre de vous conduire à mon patron. Il a entendu parler de vous, et de votre passe-temps préféré.

John sentit son cœur battre plus vite : son passe-temps préféré! Est-ce que par hasard l'homme faisait allusion au métier du Baron?

– Lequel? J'en ai pas mal, vous savez!

– Ne faites pas le nigaud. Je parle de cette fichue manie que vous avez de jouer au petit détective, naturellement!

John respira, soulagé. Mais il se rendait bien compte que la situation n'en était pas moins sérieuse, encore que parfaitement invraisemblable. Il était en plein cœur de Londres, dans son appartement, entouré d'objets familiers; à sa portée, un téléphone, qui pouvait le relier à Lorna, au Yard... Et un inconnu masqué venait lui ordonner de le suivre, revolver au poing? Tout haut, il acheva sa pensée :

– Ma parole, je crois rêver...

– Je vous conseille de vous réveiller, dit sèchement l'homme. Sinon, je vais m'en charger. Mais mon réveille-matin ne vous plaira peut-être pas!

– Je vous en prie : j'ai les réveille-matin en sainte horreur! Je préfère encore venir avec vous!

– Alors vous allez passer devant, descendre tranquillement, monter dans une Riley grise qui stationne devant votre immeuble...

– Une Riley? interrompit John. Et la Jaguar, alors qu'est-ce que vous en avez fait? Parce qu'elle est bien à vous, n'est-ce pas?

Sans daigner répondre, l'homme reprit :

– ... qui stationne devant votre immeuble, et surtout la boucler! Je ne lâche pas mon revolver.

– Si je ne suis pas indiscret, vous comptez vous promener dans les escaliers avec cette écharpe sur le nez? Ce n'est pas du tout le genre de la maison, vous savez!

L'homme haussa les épaules :

– Oh! puisque vous venez chez le patron, je peux l'enlever!

Et il dénoua le foulard blanc. John aperçut un beau visage basané, à la bouche mince et inquiétante.

– C'est ce que je pensais, remarqua-t-il gentiment, vous êtes bien mieux comme ça!

L'homme ne répondit pas, mais d'un geste de son automatique, montra la porte, et ils quittèrent tous deux la pièce.

Dans la rue, en effet, une Riley grise stationnait. Un homme au volant, un autre à ses côtés, un troisième à l'arrière. La nuit était tombée et John ne distingua que très vaguement leurs visages. Toujours suivi par son visiteur insolite, il s'installa sur la banquette arrière, et constata, très intéressé :

– Dites-moi, vous êtes plutôt nombreux, dans votre petite société.

– Je vous ai conseillé de vous taire, répondit froidement l'homme au foulard, c'est le dernier avertissement. (Et comme la Riley démarrait doucement, il ajouta :) Et puis tenez, mettez donc ça!

John prit l'objet qu'on lui tendait : une simple paire de lunettes. Obéissant, il la posa sur son nez... et se trouva aussitôt plongé dans la nuit complète. Les lunettes étaient de verre noir et opaque, et fermées sur les côtés, comme de petites œillères. Mentalement, John tira un coup de chapeau admiratif au *patron* de cette impitoyable organisation : il pensait vraiment à tout! Mais il comprit en même temps qu'il allait jouer une partie affreusement inégale, puisqu'au départ, l'adversaire avait tous les atouts en main.

L'oreille aux aguets, il essayait de deviner le trajet de la voiture qui, sans hâte inutile, remontait Clardges Street. Le trafic devint plus intense : Piccadilly Circus. Mais ensuite, John fut bien incapable de savoir dans quelle direction elle avait tourné!

Quelques instants s'écoulèrent, qui parurent interminables à John. Puis, fort heureusement, le Destin décida de faire un cadeau au Baron : dominant le bruit des voitures et des autobus, la voix grave et assourdissante de Big Ben se fit entendre, très proche.

Westminster Bridge! John compta huit coups : 8 heures précises. Il avait au moins un point de repère. Maintenant, la Riley traversait probablement le pont : Lambeth... Puis elle tourna à droite, à gauche, encore à droite, et stoppa net.

– Donnez-moi le bras, ordonna sèchement l'homme au foulard.

John obéit. Ils sortirent tous deux de la voiture, traversèrent un trottoir, et pénétrèrent aussitôt dans un hall ou un couloir. John entendit claquer des portes, et comprit qu'il entrait dans un ascenseur. Mais à sa grande surprise, celui-ci, au lieu de monter, se mit à descendre. Une minute à peine. Puis il s'arrêta, et le guide de John l'entraîna à nouveau. Un épais tapis amortissait le bruit de leurs pas. Une porte s'ouvrit, avec un très léger grincement. Sous les pieds, le tapis se fit encore plus épais, et John respira une odeur discrète de tabac blond et de parfum très français : un peu lourd mais distingué.

Une voix masculine, grave, cultivée, légèrement affectée même, et bien anglaise, elle, demanda doucement :

– Alors, tu me l'amènes? Il ne t'a pas donné trop de mal?

– Non, répondit le guide de Mannering. Mais ce qu'il peut me taper sur les nerfs, patron!

Un petit rire amusé; puis la voix reprit :

– Enlève-lui donc ses lunettes!

D'un geste vif, sans douceur, l'homme au foulard fit sauter les lunettes de John. Celui-ci, ébloui, cilla, et pendant quelques secondes, ne put rien distinguer. Puis il vit une longue pièce, confortablement meublée. Et, devant lui, un homme impassible, un sourire narquois aux lèvres.

Dès le premier coup d'œil, John le trouva des plus déplaisants. D'abord, il portait un smoking avec une chemise molle! Détail, mais en bon dandy, John n'admettait pas ce genre d'erreur. Et surtout, dans un visage large, au menton carré, au nez charnu, il avait une bouche ridiculement petite, sensuelle et cruelle à la fois. Moins cruelle pourtant que les yeux pâles, froids et méchants, très légèrement relevés vers les tempes. Grand et massif, il serait certainement trop gros dans quelques années...

– Si nous buvions quelque chose? proposa-t-il

aimablement. Vous allez probablement en avoir besoin... Whisky? Brandy? Cognac?

D'un geste, il montra une table basse où s'alignait un nombre respectable de bouteilles.

John s'était ressaisi :

– Ma foi, je préférerais du café, si possible. A condition que l'on sache le faire, dans votre caverne.

A nouveau, l'homme eut un petit rire bref :

– Labat, va donc dire à Minx qu'elle nous apporte du café. Et qu'elle le prépare elle-même : nous avons affaire à un connaisseur.

L'homme au foulard fit un pas vers la porte, et s'arrêta :

– Je n'aime pas vous laisser seul avec ce citoyen-là, patron! Vous permettez, Mr Mannering?

Sans attendre la réponse, ses mains souples et vigoureuses coururent le long de John, immobile.

– Ça va, il n'est pas armé.

– Si vous me l'aviez demandé, constata John, très affable, je vous aurais dit que je ne porte jamais de revolver. Ces engins ont une fâcheuse tendance à partir tout seuls...

Labat haussa les épaules et sortit sans bruit.

L'homme au smoking s'était installé dans un grand fauteuil de cuir et d'un geste de la main, invita John à l'imiter.

– Mr Mannering, je ne vous cacherai pas que vous vous êtes immiscé dans mes affaires de la façon la plus malencontreuse du monde! Mais je suis prêt à tout oublier. A condition toutefois que vous me disiez immédiatement où sont les cinq Etoiles de diamant. J'ajouterai, pour votre gouverne, qu'il est très difficile de me tromper!

Les yeux d'un bleu glacé avaient pris un reflet impitoyable, mais John était bien trop ahuri pour le remarquer. Cette fois, il n'y comprenait plus rien.

Sans aucun doute, il avait devant lui l'homme qui avait volé, ou fait voler, les Etoiles de diamant à La Roche-Cassel, cet après-midi même!

Et c'était cet homme qui venait lui demander où se trouvaient ces fichues Etoiles!

V

Pendant vingt bonnes secondes, les deux hommes se regardèrent fixement. Puis la voix onctueuse demanda, avec une légère note d'impatience :

– Vous n'avez pas compris ce que je viens de dire?

– Oh que si! soupira John. Seulement il faudra que je m'habitue à votre style de plaisanterie.

L'homme fronça ses gros sourcils très arqués :

– Qui est-ce qui plaisante, de nous deux?

– Pas moi! Si vous croyez que je suis d'humeur à rire après le voyage que vous m'avez fait faire!

– Ce qui signifie?

– Que j'ignore où se trouvent les cinq Etoiles, voilà tout! Si je comprends bien, vous vous êtes donné beaucoup de mal pour rien. Très réussi, d'ailleurs, votre petit enlèvement, cher monsieur... A propos, puis-je savoir votre nom?

D'une façon très inattendue, l'homme se mit à rire :

– Ma parole, vous ne manquez pas de sang-froid! J'aime assez cela! Si vous tenez à me donner un nom, appelez-moi Grunfeld. Mais revenons à ces Etoiles. Je veux les retrouver, et à tout prix.

– Pour être franc, fit John en allumant une cigarette, comment se fait-il que vous ne les ayez pas, ces Etoiles? Je ne crois pas me tromper en affirmant que c'est vous qui avez organisé le... l'accident de La Roche-Cassel, cet après-midi?

– Non, vous ne vous trompez pas, admit Grunfeld avec un paisible cynisme. J'ai le porte-documents de La Roche-Cassel, en effet.

– Et alors? Il était vide?

– Bien mieux : les Etoiles sont fausses!

– Fausses! Décidément, je vais d'étonnement en étonnement, ce soir! Vous en êtes certain, au moins?

– Croyez-moi, ricana Grunfeld, je sais reconnaître une imitation, aussi réussie soit-elle. Les cinq Etoiles que j'ai entre les mains sont fausses...

– Je ne peux pas penser une seconde que La Roche-Cassel se soit proposé de me vendre des copies! dit John, sincère. Je suis bon connaisseur, et il ne l'ignorait pas. D'ailleurs, j'avais examiné les Etoiles de très près, la veille : elles étaient authentiques, je vous l'assure! Et magnifiques. Je vous avoue que je n'y comprends plus rien!

Grunfeld resta un instant silencieux, dévisageant attentivement Mannering. Puis il déclara :

– Après tout, je vous crois. Bien mieux, je sens que nous allons nous entendre, vous et moi...

– Cela m'étonnerait beaucoup, dit John, très courtois.

Les yeux pâles eurent un éclat inquiétant :

– Et pourquoi cela?

Avant que John ait pu répondre, on frappa un coup discret à la porte, et une jeune femme entra, portant un plateau, des tasses, une cafetière d'argent. Grande, brune, son corps parfait moulé dans une robe du soir jaune d'or, elle aurait été d'une beauté saisissante si une cicatrice n'avait traversé sa joue gauche, relevant sa lèvre dans un rictus bizarre. A ses yeux trop brillants, aux pupilles dilatées, et surtout à ses narines, blanches et très pincées, John comprit qu'elle se droguait.

Habilement, elle referma la porte sans lâcher son plateau et vint le déposer sur une table basse. Ses épaules et sa gorge étaient aussi satinées et presque aussi dorées que le tissu de sa robe. Des émeraudes miroitaient à ses oreilles et autour de son cou.

Très mondain, Grunfeld annonça :

– Minx, je te présente Mr Mannering. Vous pouvez boire son café en toute confiance, Mannering : son père était italien! Mais que cela ne vous empêche pas de me répondre : pourquoi ne nous entendrions-nous pas?

– Parce que j'ai horreur des assassins, répondit froidement John.

La jeune femme faillit laisser échapper la tasse qu'elle tendait à Mannering, mais Grunfeld ne broncha pas, et se contenta de murmurer méchamment :

– Voilà une phrase que vous pourriez bien regretter sous peu!

– Vraiment?

– Je ne devrais pas avoir besoin de vous expliquer pourquoi, Mannering! Evidemment, vous ne savez pas où vous vous trouvez en ce moment. Mais vous m'avez vu, vous avez vu Labat, et Minx... Je doute fort que vous nous oubliiez aussitôt rentré chez vous!

– Vous avez raison : je n'ai jamais pu oublier une jolie femme! répliqua John, avec un sourire éclatant vers Minx qui, surprise, hésita une seconde, puis lui rendit son sourire.

– Voyez-vous, poursuivait Grunfeld, si je n'écoutais que moi, je vous garderais ici quelques semaines, jusqu'à ce que j'aie retrouvé les Etoiles. Ensuite, je quitterais l'Angleterre, et vous ne seriez plus dangereux pour moi, malgré vos accointances avec le Yard. Vous voyez que je suis bien renseigné sur vous! Vous ne risqueriez pas de vous échapper d'ici, je vous l'assure! Seulement, il y a Labat... il ne plaisante pas avec notre sécurité, lui!

– Et vous aurez un autre meurtre sur les bras! constata John, très détaché.

– Oh! un de plus ou de moins!

Le geste de Grunfeld était affreusement éloquent, et John comprit que l'homme n'hésiterait pas un instant à le faire abattre.

– Par contre, les choses seraient très différentes si vous vouliez collaborer avec nous! j'ai toujours rêvé d'avoir dans mon organisation quelqu'un qui ait ses entrées à Scotland Yard! J'espère que ma proposition ne vous paraît pas insultante, au moins?

John réfléchit : lorsque le Baron travaillait, il devenait aussitôt parfaitement amoral, et ne s'embarrassait pas de scrupules inutiles, ne reculant jamais devant un mensonge ou une promesse fallacieuse. Mais cette fois, il s'agissait de meurtre! C'était la barrière qui séparait les cambrioleurs professionnels comme lui et leurs receleurs attitrés de la pègre des gangsters et des tueurs. John s'était bien juré de ne jamais la franchir. Le Yard ne l'ignorait pas, qui savait le Baron incapable de tuer. Et Lorna aussi. Pourtant il hésita une seconde : sa vie était en jeu... cela valait peut-être la peine de céder? Mais il revit soudain le visage triste et inquiet de La Roche-Cassel, et comprit qu'il ne pourrait jamais faire cause commune avec ses assassins.

– Insultante, non. Mais inacceptable, ça oui!

Grunfeld frotta pensivement le bout de son nez :

– A votre place, je réfléchirais avant de refuser... Je crois que nous allons essayer de le convaincre, n'est-ce pas Minx? Il est bien trop joli garçon pour renoncer aussi facilement à la vie, tu ne crois pas?

– Si! Laisse-lui quelques heures de réflexion, Lew...

– Entendu! Je vous donne douze heures, Mannering. C'est amplement suffisant!

– C'est même beaucoup trop, entre nous. Je ne changerai certainement pas d'avis, vous savez...

– Je me résume : si vous voulez la vie sauve, vous acceptez de nous renseigner sur les mouvements de la police.

– Oh! j'avais bien compris... Une petite question, avant d'aller méditer sur mon sort : c'est vous qui avez volé les Etoiles, à Versailles?

Grunfeld haussa les épaules :

– Vous ne pensez tout de même pas que La Roche-Cassel était capable d'un pareil exploit! Nous les avons prises en plein jour, sous le nez du Tout-Paris qui défilait devant elles, et d'une bonne douzaine de policiers soi-disant en civil, qui les gardaient... Je dois dire que Minx a été remarquable : vous n'imaginez pas ce que les Français peuvent s'intéresser à une jolie femme qui s'évanouit!

En connaisseur, John ne put s'empêcher d'admirer :

– Félicitations!

– Vous voyez que vous auriez intérêt à travailler pour nous! Tenez, si nous retrouvons les Etoiles, je vous les vends à un prix très raisonnable, proposa Grunfeld en appuyant sur un bouton. Et maintenant, Labat va vous conduire dans un endroit tranquille. Mais surtout ne vous imaginez pas que vous pourrez me rouler : si vous acceptez ma proposition, je commencerai par vous compromettre de telle façon qu'il vous sera impossible de me trahir ensuite!

Labat entrait, sombre et silencieux.

– Emmène monsieur en bas! ordonna Grunfeld. (Sa politesse affectée avait subitement disparu, et il jetait ses ordres avec la douceur d'un sous-officier allemand.) Boucle-le au numéro 3, et mets un gardien devant la porte en permanence. Et reviens ici, ensuite. Je t'expliquerai ce qui se passe. J'oubliais un léger détail, Mannering : ne croyez surtout pas que votre... disparition pourrait nous causer le moindre ennui. Ma *caverne* comme vous l'appelez, est un endroit rêvé pour se débarrasser des importuns... En admettant que vos amis du Yard vous retrouvent, ce serait très loin d'ici... et dans la Tamise!

Poussant John devant lui, Labat descendit quelques marches, suivit un étroit couloir au sol cimenté et ouvrit une porte de fer.

– Je vous préviens, c'est la seule issue, et j'y mettrai mon meilleur tireur. Alors pas de blagues!

John entra dans une petite pièce meublée comme une luxueuse cabine de bateau : cuivre et acajou, rideaux de soie jaune, tapis. Aucune ouverture mais un excellent système d'aération faisait circuler un air frais dans la chambre. La porte se referma, et il se trouva seul. Pris au piège comme jamais il ne l'avait été! Aux mains d'un aventurier cruel et sans scrupules.

Et il y a deux heures à peine, il était attablé devant son poulet froid! La panique qui commençait à l'envahir disparut brusquement et il se mit à rire :

– La tête de Lynch quand je lui raconterai tout cela! fit-il tout haut. Si je le lui raconte jamais, évidemment...

Au hasard, il ouvrit un placard marqueté : un lavabo s'y dissimulait. Aussitôt John prit une serviette, la plongea dans l'eau froide et s'aspergea copieusement. Il se sentit mieux. Desserrant sa cravate, il alla s'étendre sur l'étroite couchette, éteignit la lumière et essaya de mettre de l'ordre dans les pensées confuses qui tournaient dans sa tête.

La Roche-Cassel avait chargé Grunfeld de voler les Etoiles. Ça, au moins, c'était clair. Mais pourquoi Grunfeld les avait-il reprises, au prix d'un assassinat? Et surtout, pourquoi diable La Roche-Cassel se promenait-il avec de faux diamants? Trois personnes seulement, à la connaissance de John, savaient que La Roche-Cassel avait les cinq Etoiles : sa fille, Grunfeld, et Mannering lui-même. Or, Mlle de La Roche-Cassel n'avait aucune raison de voler son père... Grunfeld ne mentait certainement pas en affirmant ne posséder que des imitations... Quant à Mannering il savait mieux que personne qu'il n'avait rien pris à qui que ce soit... pour cette fois du moins!

« Ou bien il y a une seconde bande de gangsters sur l'affaire... ou bien Grunfeld est doublé par un de ses hommes. Voilà qui me ferait plaisir, tiens! Et maintenant tu vas dormir bien sagement. Au réveil, tu y verras plus clair, et tu trouveras bien un moyen de sortir de ce mauvais pas. Après tout, tu en as vu d'autres, non? »

Aussi détendu que s'il était chez lui, il s'endormit presque instantanément.

Un léger bruit le réveilla tout aussi soudainement : on entrebâillait la porte. Grunfeld? Labat? Un froissement soyeux, et une chaude bouffée de parfum le détrompèrent : c'était Minx.

Une seconde, elle resta immobile sur le seuil, éclairée par la lumière qui baignait le corridor derrière elle. A travers ses paupières mi-closes, John constata qu'elle avait remplacé son éclatante robe du soir par un déshabillé sombre, mais tout aussi décolleté. Elle referma la porte, et la pièce se trouva plongée dans l'obscurité. Rapidement, John alluma la petite applique qui se trouvait au-dessus de sa tête et murmura :

– On peut savoir ce que vous venez faire dans ma chambre à une heure pareille, chère madame?

– Bavarder, répondit tout aussi doucement la jeune femme.

VI

John la regardait s'avancer, gracieuse. Les émeraudes dansaient à ses oreilles, et ses yeux noirs étincelaient... un peu trop même, d'un éclat anormal.

– Je peux m'asseoir?

D'un bond, John fut debout et lui désigna un fauteuil.

– Je vous en prie.

– Je préfère votre lit, déclara-t-elle sans ambages, avec un sourire innocent.

Lorsqu'elle souriait, les deux coins de sa bouche étaient à égale hauteur, la cicatrice disparaissait, et Minx devenait incroyablement belle. Elle s'étendit de tout son long; le déshabillé de velours rouge s'écarta providentiellement, et John put admirer de longues jambes et des chevilles ravissantes. Nullement troublé, il alluma une cigarette et demanda d'un ton narquois :

– Je suppose que vous êtes l'arme secrète de ce cher Grunfeld? Vous allez me démontrer que je serais un idiot de ne pas entrer dans votre joyeuse troupe d'acrobates? A propos, qu'est-ce que vous faites là-dedans, vous? Grunfeld est d'un parfait classicisme : le chef de bande de classe internationale. Je suppose qu'il est allemand? Labat, lui n'est qu'un vulgaire étrangleur... Mais vous...

– Oh! je n'ai pas le choix, répondit Minx, haussant les épaules.

Le déshabillé rouge glissa très légèrement.

– Pas le choix? Vous êtes libre et majeure, non?

– Majeure, oui. Libre, si on veut!

Les narines trop blanches se pincèrent, et John comprit : Grunfeld la fournissait en drogue, évidemment!

– Mais vous vous trompez, Mannering : ce n'est pas Lew qui m'a envoyée ici. J'ajoute même qu'il serait fou furieux s'il me voyait maintenant. Il est affreusement jaloux! Heureusement, Labat et lui sont sortis, pour toute la nuit.

– Vous espérez me faire croire cela? Et le factionnaire en armes annoncé à l'extérieur, il est sorti, lui aussi?

– Haramboure? Oh non! mais il m'adore, cet homme, il ne dira rien! Qu'avez-vous décidé, John? Je peux vous appeler John, n'est-ce pas?

– Mais comment donc! Je n'ai rien décidé. J'ai dormi.

Les beaux yeux noirs étincelèrent.

– Vous allez accepter?

– Qu'est-ce que cela peut bien vous faire?

– Si vous travaillez avec nous, je pourrais vous voir souvent, répondit Minx avec une belle franchise. Et puis je trouve qu'il n'y a pas tellement d'hommes séduisants sur la terre pour qu'on les expédie au fond de la Tamise. Et croyez-moi, c'est le sort qui vous attend. Lew n'en est pas à un cadavre près, le salaud!

Amusé, John sourit :

– Je suis très flatté de l'intérêt que vous me portez, chère amie. Mais si vous vouliez me faire vraiment plaisir, vous me laisseriez continuer mon somme. 9 heures et demie : les enfants sages sont déjà couchés.

Il lui montra gentiment la porte. Sans se fâcher, Minx soupira :

– Vous pouvez dormir, en sachant ce qui va vous arriver?

– Mais précisément, je ne le sais pas! Et j'ai besoin d'avoir toute ma tête demain matin. Je peux m'en sortir. Je m'en suis toujours sorti.

– Parce que vous n'avez jamais eu affaire à Grunfeld! s'écria Minx, soudain véhémente. N'espérez pas pouvoir le rouler, il est très fort. Et Labat est aussi méchant que lui. Et puis ne restez donc pas debout : venez vous étendre à côté de moi, vous serez beaucoup mieux, même si ce n'est que pour bavarder, acheva-t-elle avec un sourire déconcertant.

John soupira :

– Vous n'êtes vraiment pas sérieuse, mon enfant!

Avec une moue charmante, Minx murmura :

– Je ne vous plais donc pas?

– Vous êtes très belle, et vous le savez! Mais pour l'instant, une seule chose pourrait me plaire : la clé des champs!

Brusquement il s'approcha, et se penchant, posa ses mains sur les épaules nues de la jeune femme :

– Minx, vous êtes vraiment venue pour m'aider?

– Pour essayer, oui...

– Alors, dites-moi comment on peut sortir d'ici. Je suis très riche : je vous donnerai tout ce que vous voudrez. Je vous mettrai à l'abri de Grunfeld, il ne vous retrouvera jamais. Et d'ailleurs je le ferai boucler! Ne me racontez pas que ça vous fait plaisir de vivre avec lui : on voit bien que vous le détestez! Si vous préférez, pourtant, je vous promets de ne rien dire à la police avant vingt-quatre heures : vos amis auront tout le temps de prendre le large. Mais faites-moi sortir d'ici!

Sous les mains de John, les épaules dorées frissonnaient :

– Je ne peux pas! Même si je le voulais, je ne pourrais pas! Je ne sais pas comment on sort... personne ne le sait, sauf Lew et Labat. Les portes extérieures sont commandées électriquement, et personne n'a jamais vu les commutateurs... Grunfeld et Labat nous accompagnent toujours pour entrer ou sortir...

John comprit qu'elle disait la vérité, et se redressa, découragé :

– Je vois...

– Vous me croyez au moins? Je voudrais tant faire quelque chose pour...

Soudain les mots s'étranglèrent dans sa gorge, et elle fixa la porte avec des yeux épouvantés. En un éclair, la terreur décomposa son visage, et la fit paraître de vingt ans plus vieille. Sans se retourner, John comprit que Grunfeld venait d'entrer. Il pivota sur ses talons : il ne s'était pas trompé! Et non seulement Grunfeld, mais Labat et un troisième larron, aussi basané que le Français.

Ils ne perdirent pas leur temps : en deux enjambées, Labat fit reculer John, lui enfonçant sans douceur son revolver dans l'estomac. Grunfeld s'approcha de la jeune femme toujours étendue, la bouche tordue par un cri qui ne venait pas, et la gifla de toutes ses forces, en plein visage.

Une fois, deux fois, trois fois. Les coups retentissaient avec un horrible bruit mat.

– Sale garce!

La grosse main se levait une quatrième fois, mais John, que bouleversait une rage mal contenue, ordonna fermement :

– Je crois que c'est suffisant, Grunfeld!

La voix tranquille parut dégriser Grunfeld aussi sûrement qu'une douche froide. Il se retourna :

– Labat, débarrasse-nous de ce joli cœur. Dans le fleuve, si tu veux, c'est tout ce qu'il mérite! Quant à mademoiselle, puisque cette chambre lui plaît tellement, elle va y rester huit jours. On lui apportera à manger, mais c'est tout. Tu comprends, Minx? Ça t'apprendra à roucouler avec le premier gandin venu!

A la grande surprise de John, Labat intercéda :

– Huit jours sans came, patron! elle n'y tiendra pas, ça va la tuer!

– Je ne te demande pas ton avis! Huit jours, parfaitement.

Minx s'était redressée, les yeux hagards. Saisie d'une panique insensée, elle se précipita vers Grunfeld et se mit à hurler :

– Non! non! pardonne-moi, Lew! Tu sais que je ne peux pas rester seulement deux jours sans neige... Non!

Elle trépignait et martelait de ses poings les robustes épaules de Grunfeld, impavide. Labat et son acolyte, fascinés, ne la quittaient pas des yeux. La pression du revolver sur l'estomac de John s'était légèrement relâchée...

C'était le moment ou jamais de passer à l'action!

VII

– Vous comprenez, mon cœur, expliquait John à Lorna une heure plus tard, Grunfeld m'avait lui-même fait remarquer qu'une jolie femme en détresse, c'est un spectacle auquel pas un Français ne résiste! Notez bien que, cette fois, Minx n'était nullement évanouie, au contraire. Mais enfin, elle offrait un tableau bien propre à séduire ces Néron à mitraillette : yeux pleins de larmes, cheveux dénoués, et ce déshabillé rouge qui glissait lentement, mais sûrement...

– Elle a de beaux cheveux? demanda Lorna soupçonneuse.

– Trop espagnols, pour mon goût : noirs, luisants... on y aurait vu le peigne et la mantille. Non, ce qu'il y a de mieux, chez Minx, ce sont ses oreilles.

– Ses oreilles?

– Oui... à cause des émeraudes.

Ils étaient assis tous deux sur des coussins, devant un feu de bois, dans le salon de John, Clardges Street, Lorna en robe du soir de dentelle noire, John en peignoir éponge rayé. Il avait l'air exténué mais radieux. Ses cheveux mouillés se hérissaient en petites boucles indociles, et Lorna y passa doucement les doigts.

– Toujours est-il que mon Labat ne pensait plus

du tout à son revolver! J'ai donc envoyé valser ce maudit engin d'un revers de main, et gratifié son propriétaire d'un direct au menton qui lui a fait perdre l'équilibre. Comme je m'y attendais, son acolyte – Haramboure – a aussitôt tiré. Mais je vous avais obéi, mon ange, et ce soir, en m'habillant, j'avais endossé mon gilet rouge!

Lorna sourit, amusée et inquiète à la fois. Sur ses conseils, John, tout en se moquant d'elle, avait consenti, il y a deux ans, à se faire faire un flamboyant gilet rouge... doublé d'une solide cotte de mailles.

– La balle de Haramboure m'a donc bien frappé à l'épaule gauche, mais pour retomber ensuite sur le tapis, grâce à mon armure clandestine. Si vous aviez vu la tête de mes deux lascars! Profitant de leur surprise, j'ai sauté sur Grunfeld, qui n'avait encore rien compris à la situation, et lui ai consciencieusement tordu le bras : il me faisait un bouclier appréciable, et Labat, pas plus que Haramboure, n'osait tirer. Avec beaucoup de mal, j'ai réussi à prendre dans la poche de mon pantalon mon canif... Il a beau venir de chez Hermès, il trancherait une gorge aussi sûrement qu'un vulgaire couteau de boucher, et Labat ne s'y est pas trompé. Il m'a donc suffi de poser la lame sur le cou rebondi de Grunfeld, et d'ordonner à ses tueurs de jeter leur artillerie à terre, devant moi. Grunfeld était trop terrorisé pour bouger, même quand je l'ai lâché, le temps de ramasser les deux revolvers. Labat a bien essayé de jouer au plus malin – il avait un second revolver! – mais je lui ai logé une balle dans le bras, ce qui l'a aussitôt calmé. Le nommé Haramboure, lui, avait visiblement envie de s'en tirer à bon compte, et ne bronchait pas. Alors, j'ai dit bien poliment au revoir à tout ce joli monde, et je suis sorti. Tout simplement.

– Tout simplement! soupira Lorna.

– C'est-à-dire que je suis sorti de la pièce... parce que pour sortir de la caverne, à en croire la malheureuse Minx, c'était une autre histoire! C'est là qu'intervient la chance qui me caractérise.

– Souhaitons qu'elle vous caractérise encore longtemps, John! Sans cette « malheureuse Minx » vous étiez perdu!

– Bah! (John haussa les épaules.) Sait-on jamais! Quand on tient à la vie aussi solidement que moi, – parce que pour moi, Lorna, la vie, c'est vous... – on n'est jamais tout à fait perdu... La preuve... J'ai refermé la porte à clé derrière moi, et me suis éloigné sans demander mon reste. Mais les coups de feu avaient alarmé les autres membres de la confrérie. Heureusement, ils étaient tous à l'étage au-dessus. Le temps qu'ils dégringolent l'escalier, j'étais parti du côté opposé, sans savoir où je risquais d'aboutir. Le couloir se terminait par une porte. La clé était sur la serrure. J'ai ouvert, et, prenant la clé, je suis entré et ai refermé la porte derrière moi : ce qui me laissait quelques minutes de répit. Je dois dire que le décor n'était pas très encourageant : une pièce cimentée, absolument nue. Pas une ouverture! Et dans le couloir, on s'agitait ferme. La voix de Grunfeld dominait les autres. Et voilà où intervient ma chance bien connue. Presque machinalement, mes doigts parcouraient le mur contre lequel je m'étais appuyé pour reprendre haleine. J'ai rencontré une légère nodosité : on ne voyait rien, pourtant. J'ai pressé : rien. Puis soudain, je me suis senti partir, à la renverse, et me suis étalé tout de mon long, en bénissant néanmoins les dieux! Le mur s'était fendu en deux. Je me suis relevé : devant moi, un couloir assez large, qui descendait en pente douce. Et au fond du couloir, un reflet sombre : l'eau. La Tamise, pour être précis! Je comprenais maintenant pourquoi il était tellement facile à Grunfeld de se débarrasser des importuns!

Lorna poussa un grand soupir :

– Voilà pourquoi vous êtes mouillé comme un canard!

– Et voilà pourquoi mon pantalon est en train de sécher à la cuisine! Quant à mon veston, il est aux mains de ces messieurs. Mais tout ce qu'ils y trouveront, c'est l'adresse d'un bon tailleur. J'ai vidé les poches avant de me mettre à l'eau. J'ai même gardé les deux revolvers. Un peu lourds, évidemment, mais ils feront tellement plaisir à Bristow! Ceci dit, cela n'a pas été une partie de plaisir. La Tamise était bien là, en effet. Mais il fallait d'abord franchir un méchant tunnel, qui vous laissait à peine la place de nager et pas du tout celle de respirer. A marée basse, on doit passer facilement... mais la marée était tout ce qu'il y a de haute! Je ne sais pas comment j'ai pu m'en sortir, Lorna, sincèrement. J'ai lutté comme un désespéré. Mes oreilles étaient bourdonnantes, et j'ai commencé à suffoquer.

– Vous avez revu votre vie? demanda Lorna qui avait horreur de laisser paraître son émotion.

– Les premiers biberons seulement. Et soudain, comme un bouchon qu'on enfonce dans l'eau et qui rejaillit, je suis remonté brusquement à la surface. Ah mon amour! quel merveilleux spectacle : le ciel, les étoiles, les lumières de Londres tout autour de moi...

– ... une eau dégoûtante dans la bouche, et probablement un bon rhume, si ce n'est une bronchite. j'ai horreur de ce que je vais dire, mais vous n'avez plus vingt ans, John.

– A vingt ans, tout cela ne m'aurait probablement pas amusé, ma chère. Mon chauffeur de taxi a été parfait : il ne m'a rien demandé, et a accepté sans commentaires le pourboire que je lui ai laissé : son taxi était inondé!

– Vous auriez toujours pu lui dire que, poète et amoureux, vous vous promeniez au bord de la Tamise, le nez en l'air, regardant les étoiles...

– ... et sans veston! Pourquoi pas? (Il jeta un coup d'œil à sa montre :) 11 heures et demie? Flick doit être rentré maintenant. Vous permettez?

Sans se lever, il saisit le téléphone posé sur un tabouret à ses côtés, et fit un numéro, tout en remarquant :

– Je sais bien que lui aussi a pris sa retraite comme le Baron...

– ... mais comme le Baron, acheva Lorna, il ne demande qu'à se remettre au travail!

– Allô! Flick?

– Mannering! (La voix de Flick Leverson, receleur notoire, expert en antiquités, homme honnête s'il en fut malgré son métier peu avouable et grand ami de John, retentit, joyeuse.) Quelle bonne surprise! Je rentre à l'instant, j'étais au théâtre.

– Qu'est-ce que vous êtes allé voir?

– *L'Alouette.*

– Toujours amateur de théâtre français? Et les bijoux français, Flick, est-ce que cela vous intéresse aussi?

Flick poussa une brève exclamation :

– Par exemple! Pourquoi me demandez-vous cela?

– Ce n'est pas la première fois que je vous parle bijoux, dit John, étonné.

– Non, mais ce soir... John, avez-vous entendu parler de la disparition des Etoiles de diamant, à Versailles?

– Si j'en ai entendu parler!

Etonnée, Lorna regarda John, plié en deux par un fou rire irrésistible.

– Je ne vois pas ce que cela a de si drôle, remarquait Flick, offusqué.

– Excusez-moi, mais je vous expliquerai... Pourquoi cela?

– Parce qu'on m'a proposé une de ces Etoiles, cet après-midi. J'ai demandé à réfléchir. Vous savez que je ne touche jamais rien qui ait trempé dans un meurtre, de près ou de loin. Et là, je crois comprendre qu'il y a eu un assassinat.

– Oh! ce n'est qu'un commencement..., soupira John. Vous pouvez reprendre contact avec votre homme?

– Il m'a laissé l'Etoile jusqu'à demain midi.

– Vous voulez dire que vous avez une des cinq Etoiles chez vous! Une vraie?

– Evidemment, une vraie! Vous ne croyez pas que je collectionne des bijoux Burma, non!

– Flick, ne bougez pas, si ce n'est pour me préparer un bon whisky. Dans une demi-heure, je suis chez vous. Si je comprends bien, ma soirée ne fait que commencer.

John raccrocha, posa un baiser sur les cheveux de Lorna et se précipita dans sa chambre. Par la porte ouverte, sa voix joyeuse parvint à la jeune femme qui regardait le feu d'un air sombre.

– Lorna, voilà qui change tout! On a proposé une des Etoiles à Flick... par les Etoiles, je retrouverai le voleur. Et par le voleur, Grunfeld.

– Vous n'avez peut-être pas besoin de vous lancer à nouveau dans la bagarre? Il vous suffit d'indiquer à Bristow l'endroit où ils vous ont emmené...

– Encore faudrait-il que je le connaisse, cet endroit, chère innocente!

– Et par la rivière?

– Il y a des douzaines de tunnels dans ce coin-là.

Il faudrait au moins une année bissextile à Bill pour retrouver le bon! Et vous pouvez être certaine que Grunfeld et Cie auront pris toutes les précautions nécessaires... J'ai déjà rencontré des canailles, mais mes relations de ce soir laissent leurs collègues loin derrière eux... Ils sont parfaitement organisés.

– Alors, faites-moi plaisir, John. Ne rentrez pas ici ce soir. Grunfeld vous fera certainement surveiller. Oh! à propos, j'oubliais! Quand je suis arrivée, j'ai précédé de peu notre vieil ami le sergent Tring!

– Cher Bristow! comme il prend bien soin de moi, soupira John en faisant son nœud de cravate. Il n'hésite pas à m'envoyer son meilleur homme. Alors, Poids-Lourd est devant la porte? Je l'aime beaucoup, mais ce soir il tombe plutôt mal! Je ne peux quand même pas l'emmener chez Leverson. Il y a des années que Bristow essaie de prouver que je travaille avec Flick; il n'y est jamais arrivé, ce n'est pas le moment de lui faire ce plaisir!

Lorna s'était levée. Elle alla vers une des fenêtres du salon et écarta légèrement le rideau. Dans l'embrasure d'une porte cochère, un homme de petite taille, le feutre enfoncé sur les yeux, la cigarette à la bouche, se tenait immobile.

– Je ne m'étais pas trompée : Grunfeld vous fait surveiller, John!

La nouvelle ne parut guère contrarier Mannering, qui s'approcha de la fenêtre :

– Sans blagues, déjà?

– Promettez-moi de venir me rejoindre à Chelsea, quand vous aurez vu Flick. Là au moins, nous serons tranquilles.

– Promis... Lorna, j'ai une idée. Ce que c'est que d'avoir fait de l'algèbre, dans mon jeune temps! Vous vous souvenez : plus et moins s'annulent...

– Je n'ai jamais voulu faire d'algèbre, déclara Lorna, catégorique.

– Cela ne m'étonne pas! Toujours est-il que *Plus* c'est notre cher sergent Tring : la loi et la justice... cent dix kilos, ce qui ne gâte rien! *Moins* c'est le vilain coupe-jarrets : le crime et le châtiment! Ils vont s'annuler l'un l'autre et me permettre de leur fausser compagnie. Vous avez votre voiture? Venez vite, j'ai besoin d'un chauffeur...

Cinq minutes après, John et Lorna débouchaient dans le hall de l'immeuble qu'habitait Mannering. Près de la porte qui donnait sur la rue, le sergent Tring se tenait immobile, lui aussi, mais sans fumer.

John le salua joyeusement :

– Poids-Lourd! quelle bonne surprise! C'est vous qui êtes ma bonne d'enfant, ce soir?

– L'inspecteur Bristow m'a chargé de veiller à votre sécurité, Mr Mannering, répondit Tring, qui, comme son chef, vivait partagé entre une vive sympathie pour « ce diable de Baron », et un désir non moins vif de le boucler une fois pour toutes.

– Cher Bill! cela ne m'étonne pas : il m'adore! Comment vont vos quatre enfants, sergent?

– Cinq, monsieur.

– La dernière fois que je vous ai vu, il n'y en avait que quatre, j'en suis certain!

– C'était il y a six mois, monsieur!

– Félicitations, sergent, dit doucement Lorna. Vous ne venez pas danser avec nous? J'inaugure une robe neuve, nous allons fêter l'événement à la *Bouteille Verte*.

Le sergent rougit : il avait toujours eu un faible pour Lorna.

– Je ne danse pas, miss...

– Alors nous nous verrons au Yard, Tring. Je dois y passer vers 2 heures ce matin pour voir Lynch! affirma John, sans se douter qu'il disait la vérité. Il adore travailler la nuit votre super!

– Il dort très mal, soupira le sergent.

– Poids-Lourd, je vais vous montrer quelque chose qui vous a peut-être échappé. Ou plutôt quelqu'un. Vous voyez ce bonhomme, en face?

Poids-Lourd jeta un coup d'œil par la porte entrouverte :

– Pauvre type! fit-il, apitoyé. Il attend une femme...

– Vous croyez, sergent? fit Lorna, toujours suave. Il y a une bonne heure qu'il est là, vous savez! Vous connaissez une femme au monde qui vaille la peine qu'on l'attende plus de dix minutes?

– Vous êtes trop modeste, Lorna, mais vous avez raison. Je ne serais pas étonné du tout si ce type attendait un homme... Moi, par exemple! Et encore moins étonné s'il avait un revolver chargé dans sa poche, et de faux papiers. Tring, sans vouloir me mêler de ce qui ne me regarde pas... si vous alliez les lui demander, ces papiers...

Le visage habituellement lugubre de Poids-Lourd se rembrunit encore :

– Pas possible! Merci pour le tuyau, monsieur!

– Oh! c'est moi qui vous remercie, mon vieux, fit John, sincère.

Prenant le bras de Lorna, il se dirigea vers l'Aston Martin bleue qui stationnait, décapotée, à quelques mètres de la maison.

– Je vous laisse conduire, mon amour. La mort ne veut pas de moi ce soir, je ne risque rien! Mais attendons de voir comment mes deux contraires vont s'annuler.

A vrai dire, ils ne virent pas grand-chose : l'opération se passa avec une rapidité qui surprit tout le monde et surtout le malheureux Tring, qui en fit les frais.

Une Morris, décapotée elle aussi, que John et Lorna connaissaient déjà pour l'avoir vue l'après-midi même, stationnait le long du même trottoir que l'Aston Martin mais tournée dans la direction opposée. Le petit homme se dirigea vivement vers elle et y monta. Mais Poids-Lourd savait marcher vite quand il le voulait; il rejoignit l'inconnu avant qu'il ait pu démarrer et l'interpella. Alors, avec une soudaineté incroyable, le poing de l'homme vint frapper Poids-Lourd en plein estomac : la masse pesante du sergent vacilla, recula, et reprit difficilement son équilibre tandis que la Morris partait en trombe.

– Pas possible! remarqua John, ils ont mis un moteur de Ferrari sous le capot! Je n'ai jamais vu une Morris se déchaîner comme cela!

– Si nous la suivions? proposa Lorna, le pied sur l'accélérateur.

– Ma pauvre amie, nous sommes trop faciles à repérer, avec votre bolide. Notre homme nous promènerait dans tout Londres. Je suppose qu'il a pris peur en voyant arriver Poids-Lourd : même en civil, il porte le mot *Police* inscrit sur le bout de son nez. Du coup mon suiveur en a mangé les consignes de Grunfeld et oublié notre existence.

Lorna jeta un dernier coup d'œil vers le sergent et démarra aussi brusquement que la Morris :

– Heureusement, Poids-Lourd relève son numéro.

– Ah! dit John, vous êtes de fameux bécassons l'un et l'autre! Mais, pauvre innocente, dans trois minutes la Morris aura une autre plaque et un autre numéro... et maintenant, laissez-moi chez Flick et sauvez-vous à Chelsea : je risque d'en avoir pour un moment, je prendrai un taxi pour rentrer.

VIII

Dix minutes plus tard, John sonnait à la porte du receleur, qui habitait une rue paisible dont les habitants – dentistes, chirurgiens ou industriels –, appréciaient fort leur voisin, distingué, courtois et de si bon conseil en matière d'antiquités. On les aurait bien étonnés en leur apprenant que Leverson avait déjà goûté de la prison et qu'il était à tu et à toi avec les mauvais garçons de Londres.

Leverson ouvrit lui-même la porte. Grand, fort, il portait bien sa soixantaine et son visage était rose et souriant sous ses cheveux d'un blanc neigeux. Depuis la campagne des Flandres de la Première Guerre mondiale, sa manche gauche pendait, vide. Il fit entrer John :

– Mannering, je suis heureux de vous voir, mais beaucoup moins de vous trouver mêlé à cette histoire! Ce n'est pas vous qui avez...

– Non, répondit simplement John, ce n'est pas moi, Flick. Mais, d'abord, je veux mon whisky...

Ils entrèrent dans une pièce basse et harmonieuse que John retrouvait toujours avec plaisir. Pour lui, Flick et ce salon étaient inséparables. Sur une table en argent ciselé, du plus pur Quattrocento – orgueil de l'antiquaire receleur –, des verres et des flacons de cristal attendaient. Les grands rideaux rouges étaient tirés, un feu de bois brûlait gaiement et, sur un mur tendu de soie grise, une petite fille peinte par Renoir souriait avec malice.

John soupira, sincère :

– Je donnerais cher pour avoir enfin une maison à moi : j'en ai assez de ces appartements anonymes que je suis souvent obligé de quitter à l'improviste.

– Et qui vous en empêche? dit Flick, à qui John ne cachait pourtant pas grand-chose, mais qui ignorait l'absurde situation de Lorna.

John haussa les épaules.

– Parlons plutôt de ce qui m'amène, mais je me demande si je vais vous raconter toute l'histoire, Flick. Il vaudrait peut-être mieux pour vous que vous en sachiez le moins possible.

– Mon cher, j'ai pris ma retraite, mais je ne suis pas encore gâteux, protesta Flick. « De quoi s'agit-il? » comme disait un maréchal français.

– Tout d'abord, êtes-vous bien certain que votre Etoile – enfin, l'Etoile que l'on vous propose – est authentique... C'est incroyable, le nombre de fausses Etoiles qui peuvent se promener dans la nature aujourd'hui...

Leverson secoua la tête et sourit :

– Jugez vous-même.

Il ouvrit un écrin. Sur le velours noir, exquisement proportionnée, parfaite, une Etoile de diamant à peine teintée de rose brillait de mille feux, John resta fasciné, tandis que la voix paisible de Leverson remarquait :

– Ah! on savait tailler les pierres à cette époque. Quelle merveille! et quel cadeau de mariage pour une jeune femme coquette! Je suppose qu'elle devait les porter à son corsage ou dans ses cheveux. J'ai parcouru deux biographies de Marie-Antoinette et je n'ai pas trouvé mention de ces Etoiles.

Les deux hommes restèrent un instant rêveurs puis John se ressaisit.

– D'où vient-elle ?

Leverson fronça ses blancs sourcils.

– C'est un Français qui me l'a apportée vers 6 heures ce soir. Il avait un mot de recommandation de Gallifet.

– Votre collègue de Paris ?

– Exactement. Gallifet est un homme sûr. Le Français, un nommé Bidau, m'a dit qu'il travaillait depuis des années avec Gallifet, qui lui a conseillé d'écouler les Etoiles à Londres plutôt qu'à Paris.

– Et combien Bidau en demande-t-il ?

– Dix mille, dont deux mille de commission pour moi. Mais, si c'est vous l'acheteur, je me passerai de commission, évidemment.

– Evidemment pas : il n'y a aucune raison pour que vous ne fassiez pas une affaire sous prétexte que vous êtes à la retraite. Bidau a-t-il parlé des autres Etoiles ?

– Non, pour l'instant il n'a que celle-ci.

– Bon, je la prends. Je vous apporte des espèces demain ?

– Oh ! ce n'est pas pressé. J'ai la somme ici, en billets difficiles à repérer même par la police. Bidau passera chercher son argent demain à midi et demi.

– Parfait, vous faites bien de me dire cela, je viendrai le prendre en filature.

– Si cela vous amuse ! Vous ne voulez toujours pas me dire ce qui se passe exactement ?

– Il se passe, en gros, que ces Etoiles étaient entre les mains d'un certain La Roche-Cassel, qui voulait d'ailleurs me les vendre et que ce pauvre type s'est fait assassiner à 2 heures précises, hier après-midi. La Roche-Cassel avait chargé de l'opération « Versailles » un nommé Grunfeld qui l'a proprement descendu. Pourquoi, je n'en sais rien. Ça vous dit quelque chose, Lew Grunfeld?

Flick réfléchit .

– Non.

– Et Labat?

– Labat? Un Français? J'en ai entendu parler, oui. C'est un tueur, je crois?

– Et comment! Je me demande si votre Bidau ne serait pas un homme de Labat qui aurait alors doublé Grunfeld, encore que cela me paraisse invraisemblable car il semblait entièrement dévoué à son patron.

– Si vous voulez, je pourrai demander des renseignements à Gallifet. Je lui téléphonerai à la première heure.

– Bonne idée, vous pouvez m'appeler à Chelsea au studio de miss Fauntley. J'y serai demain jusqu'à midi.

– Oh! je connais le numéro; vous oubliez que Lorna a fait mon portrait. Si je comprends bien, vous préférez ne pas rentrer chez vous, c'est si grave que cela?

– Ma foi, le nommé Grunfeld est un très vilain monsieur. Flick, un conseil : après le coup de téléphone à Gallifet, ne vous occupez plus de tout cela. Si Grunfeld apprenait que vous êtes dans le circuit vous pourriez avoir des ennuis.

Leverson sourit :

– Si je vous retournais le conseil, vous m'enverriez paître, mon cher. Demain je saurai si Bidau travaille avec Labat ou bien s'il fait partie d'une autre bande, ce qui est plus probable.

John se leva.

– Où allez-vous maintenant? Vous coucher, j'espère?

– Pas encore, non, répondit John, avec un sourire narquois. Il faut d'abord que je passe au Yard, voir le superintendant, j'ai un cadeau à lui remettre.

Lorsque Mannering arriva au Yard, Lynch était seul, environné d'un nuage de fumée. Il grogna :

– Poids-Lourd est venu au rapport, tout à l'heure. Alors, on vous suit? Ce qui signifie que vous êtes allé fourrer votre nez dans un nouveau guêpier.

– Vous n'êtes pas gentil avec moi, Lynch, et pourtant j'ai des cadeaux pour vous. D'abord ceci...

Négligemment John jeta sur le bureau de Lynch deux superbes Colts :

– A qui avez-vous piqué cela?

– A deux charmants garçons : Labat et Harambourе. Des Français, inutile de le préciser.

– J'ai l'impression que vous avez passé une excellente soirée, Mannering?

– Une merveilleuse soirée, mon ami : palpitante, pleine d'émotions et d'imprévu.

– Vous êtes allé au Cinérama?

– Bien mieux; je me suis fait enlever, comme une héroïne romantique, en plein Londres, à 7 heures et demie du soir. Départ : mon appartement. Arrivée : quelque part dans Lambeth. La Riley qui me transbahutait a traversé tout Londres, sous le nez d'une vingtaine d'agents de police qui n'ont, évidemment, rien remarqué d'anormal. Après quoi, un nommé Grunfeld m'a fait des propositions malhonnêtes : il s'agissait de travailler contre vous et même de vous doubler. Vous pensez bien que j'ai refusé, ajouta John d'un air vertueux.

Le superintendant grogna, sceptique :

– Je n'en attendais pas moins de vous!

– Mr Grunfeld, pas content du tout, n'a plus eu qu'une idée : m'envoyer, avec quelques balles dans la peau, au fond de la Tamise. Cela ne m'a pas plu du tout et je suis parti dans la Tamise, sans balles de revolver! Un bon bain, et me voilà... Mais, avant de partir, j'ai eu le temps de prendre quelque chose qui vous intéressera peut-être.

Et John déposa, doucement, sur le buvard vert sombre de Lynch, la merveilleuse Etoile de diamant. Lynch poussa une exclamation ahurie :

– Où avez-vous trouvé cela?

– Dans la caverne d'Ali-Baba, ou plutôt dans un coffre-fort sur lequel Mr Grunfeld avait oublié ses clés, précisa John effrontément. L'ennui, c'est qu'il m'est impossible de vous préciser l'emplacement exact de ladite caverne.

– Si vous me racontiez tout cela en détail?

John recommença le récit de son odyssée. Heureusement, celle-ci parut tellement invraisemblable à Lynch qu'il ne trouva pas suspecte l'incroyable négligence de Grunfeld laissant un coffre-fort ouvert. Il se contenta de décrocher son téléphone et pendant cinq bonnes minutes déversa une pluie d'ordres et d'instructions sur la brigade de police fluviale.

– Je ne veux pas être pessimiste, Lynch, mais je doute fort que vous les retrouviez.

– Comment sont-ils, vos deux lascars?

John s'embarqua dans une description détaillée de toute la bande. Quand il eut fini, Lynch secoua la tête :

– Cela ne me dit rien. Evidemment, si ce ne sont pas des Anglais... Mais pourquoi ne m'avez-vous pas prévenu immédiatement? Il y a au moins deux heures que vous êtes rentré chez vous.

– Il y en a même trois, mon cher : j'ai d'abord pris un bain bien chaud : si vous vous êtes jamais baigné dans la Tamise vous comprendrez pourquoi. Puis j'ai raconté mes aventures à miss Fauntley qui, elle, m'a écouté sans me faire de reproches. Lynch, vous exagérez vraiment : je vous ramène une des cinq Etoiles et tout ce que vous trouvez à me dire c'est que je suis en retard de deux heures. La prochaine Etoile que je trouverai, je l'offrirai à Lorna et vous n'en entendrez même pas parler.

Lynch soupira :

– Si vous voulez des excuses, vous les aurez.

– Je ne veux pas d'excuses, je veux de la sympathie et de la compréhension. Ceci dit, vous savez maintenant qui a fait assassiner La Roche-Cassel; à vous de le retrouver.

Le téléphone sonna : Lynch décrocha, répondit laconiquement :

– Parfait : je l'attends ici tout de suite.

Puis il regarda John, ses yeux brillant joyeusement.

– Pour terminer une soirée aussi bien remplie, Mannering, je vous annonce que mes hommes viennent de dénicher Mlle de La Roche-Cassel.

– Dans un fossé, au fond de la Tamise ou sur les rails du chemin de fer?

– Vous n'y êtes pas du tout : dans le salon d'une pension de famille à Streatham.

L'arrivée de Mlle de La Roche-Cassel dans le bureau de Lynch ne le céda en rien à celle que John avait pu admirer chez Lorna. La jupe tourbillonnante, les talons claquant sur les carreaux, incroyablement nette et fraîche pour une jeune fille que l'on amène à la police à 2 heures du matin et qui, par surcroît, a appris l'assassinat de son père l'après-midi même, elle demanda, de sa voix autoritaire, décidée et nettement en colère cette fois :

– Voudriez-vous bien me dire de quel droit vous me traînez ici? C'est un peu fort. Vous feriez mieux de rechercher l'assassin de mon père et de me ficher la paix. Vous oubliez que je suis française, non? J'exige que l'on téléphone d'abord à mon consul.

Lynch la dévisageait d'un œil admiratif. Pour un peu il aurait juré, sans discussion, qu'elle descendait en effet de Louis XV.

– Je voudrais seulement vous poser quelques questions, mademoiselle... et ensuite nous vous reconduirons.

Marie-Françoise redressa avec arrogance sa jolie tête blonde :

– Non merci, dit-elle sèchement, je suis venue avec un ami, il me raccompagnera.

John qui était resté dans l'ombre, dissimulé par la porte, s'éclipsa discrètement, curieux de voir cet *ami*. Devant la porte du Yard, en effet, une Austin-Healey, bleu acier, attendait. Au volant, un jeune homme tirait nerveusement sur sa pipe. John ne se demanda pas s'il était anglais ou français : son long menton proéminent, le bleu faïence de ses yeux, ses cheveux ni blonds ni roux et son costume de tweed, merveilleusement négligé, étaient suffisamment éloquents.

– Je peux m'asseoir? dit John, ouvrant la portière et se laissant tomber sur le siège de cuir rouge.

Ahuri, l'autre se reprit aussitôt et rétorqua d'une voix nasillarde à l'accent traînant :

– Ma voiture n'est pas un autobus, Mr...

– Mannering, John Mannering.

La pipe que le jeune homme coinçait entre ses grandes dents faillit tomber.

– On dirait que vous me connaissez, fit John. Et moi, à qui ai-je l'honneur?

Le jeune homme marmonna :

– Richard Clayton.

– Un ami de Mlle de La Roche-Cassel?

– Un ami!!! Je suis son fiancé.

– Excusez-moi, mais comme elle ne porte pas de bague..., remarqua John, qui revoyait les mains charmantes, mais rigoureusement nues de la jeune Française.

– Oh! elle trouve que cela fait vieux jeu, elle a des idées bien à elle, vous savez! En effet, Mr Mannering, je vous connais. M. de La Roche-Cassel m'a souvent parlé de vous. C'est vous qui deviez lui acheter les Etoiles, n'est-ce pas? Cela s'est bien passé?

Cette fois, ce fut au tour de John d'être ahuri : Marie-Françoise avait un fiancé, mais, petit détail, ne lui avait pas encore parlé de la mort de son père. Quelle curieuse jeune fille!

– Bien passé... Ça, vraiment, on ne peut pas dire! Je le regrette pour La Roche-Cassel qui m'était sympathique.

– Qui vous était?

– Vous ne savez donc pas qu'il est mort?

L'étonnement du jeune homme paraissait sans bornes et pourtant John crut y distinguer une légère fausse note, comme chez Marie-Françoise l'après-midi même. Mais Richard Clayton ne s'attarda pas en oraisons funèbres. Consterné, il murmura :

– Il est mort? Et mon argent, alors...

– Votre argent? demanda John en allumant une cigarette.

Le joli tableau de bord de la petite voiture brillait doucement dans la nuit. John se sentit brusquement très fatigué et écœuré : Marie-Françoise avait un fiancé dont le principal souci était son argent.

– Oui, je lui ai prêté de l'argent. Un petit héritage que je venais de toucher : six mille livres. Je connais Marie-Françoise depuis longtemps, voyez-vous, je passe souvent mes vacances au Touquet et elle aussi. Cet hiver, je suis allé la voir à Paris. Nous

nous sommes fiancés. Mais mes parents sont assez collet-monté, et plutôt snobs : ils voyaient ce mariage d'un assez mauvais œil. Si j'avais pu leur dire que j'épousais une authentique descendante de Louis XV, cela aurait bien arrangé les choses. Aussi ai-je prêté de l'argent à La Roche-Cassel pour qu'il puisse poursuivre ses recherches; il avait plusieurs procès sur les bras, je crois. Mais il n'aboutissait toujours pas, et ne me rendait pas mon argent. Soudain, il m'a annoncé qu'il allait vendre des bijoux de famille. Je ne me suis pas méfié, et ce n'est que ce matin que j'ai su de quelle famille il s'agissait! Il était trop tard pour laisser tomber Marie-Françoise! Vous savez, ce pauvre La Roche-Cassel était le plus honnête des hommes! A ses yeux, les Etoiles avaient été volées par le gouvernement français... à la révolution de 89!!! Il était un peu fou!

– C'est bien ce que j'avais cru comprendre, en effet. Dites-moi, si vous me donniez votre emploi du temps, à tous les deux, cet après-midi. Comment se fait-il qu'on ait trouvé Marie-Françoise dans une pension de famille?

Le jeune homme rougit :

– Eh bien, c'est la mienne! Elle est arrivée chez moi vers minuit et m'a demandé de la loger. Ma propriétaire n'est pas commode, surtout à une heure pareille, mais Marie-Françoise obtient généralement ce qu'elle veut, dans la vie. Et on lui a trouvé une chambre.

– Vous ne l'aviez pas vue, auparavant?

– J'ai déjeuné avec elle, et puis nous sommes allés à l'hôtel *Regal*, où ils étaient descendus, pour attendre son père. A 3 heures et demie, il n'était toujours pas là. Elle m'a alors demandé de la conduire Clardges Street – chez vous, non? – puis, comme il n'y avait personne, chez les Fauntley. Je l'y ai laissée, et je suis rentré chez moi l'attendre.

– Et elle ne vous a pas dit ce qu'elle avait fait depuis?

– Non. Elle ne me dit que ce qu'elle veut.

John revit le petit menton volontaire de Marie-Françoise :

– Je vous crois volontiers. Mais il faut pourtant que je lui parle, je vais l'attendre avec vous. Dites-moi c'est La Roche-Cassel qui a volé les Etoiles, lui-même?

– Quelle idée! Bien sûr que non : il en a chargé un spécialiste, un nommé Grunfeld, je crois. Mannering, où sont ces Etoiles? Elles appartiennent à Marie-Françoise, maintenant.

– Je suis désolé, elles appartiennent surtout à la France. Vous oubliez cela un peu trop facilement dans l'entourage de La Roche-Cassel. D'ailleurs, pour l'instant, personne ne sait où elles sont. La serviette de La Roche-Cassel ne contenait que des imitations.

– C'est impossible, je l'ai vu avant le déjeuner, il avait les vraies Etoiles.

– Impossible ou non c'est comme ça. Ah! voilà notre jeune amie!

La silhouette de Marie-Françoise apparaissait, escortée de la masse imposante de Lynch. John sortit de la voiture et retint la portière tandis que la jeune fille s'asseyait dans un tourbillon de surah bleu et de broderie anglaise immaculée. Elle posa sur John des yeux froids et hostiles.

– Evidemment, disait Lynch, il ne faudra pas trop vous éloigner, mademoiselle, j'aimerais pouvoir vous joindre par téléphone.

Avec un regard rien moins qu'aimable, Marie-Françoise haussa les épaules. Lynch tourna les talons. John referma la portière et dit doucement :

– Marie-Françoise, si vous vous décidiez enfin à dire la vérité...

Ses paupières battirent, mais elle ne répondit pas.

– Vous ne pouvez pas espérer tout cacher, et à tout le monde.

Les grands yeux bleus se remplirent de haine et de chagrin :

– Vous voulez probablement que je sois tuée, moi aussi ? C'est à cause de vous que mon père est mort. C'est parce qu'il allait vous voir qu'on l'a tué ! Sans vous, il serait encore vivant.

Elle avait élevé la voix. Lynch s'arrêta et revint lentement sur ses pas. Soudain elle se mit à pleurer, et murmura d'une pauvre voix éperdue :

– Allons-nous-en, Dicky, vite...

Avec un regard féroce vers Mannering, Clayton mit le contact et démarra sec. John regarda Lynch :

– Je crois que cela suffit, pour ce soir. Prêtez-moi une voiture et un chauffeur, mon vieux. Je n'ai pas le courage d'aller chercher un taxi. Cette jeune panthère m'a achevé.

– Qu'est-ce qu'elle vous a dit ? fit Lynch tout de suite intéressé.

– Qu'elle m'adorait, pardi ! A bientôt.

IX

Lorna repoussa une boucle brune et retourna prestement ses œufs qui doraient dans la poêle. Portraitiste en renom et, ce qui impressionnait davantage John, excellent peintre, Lorna habitait officiellement l'imposant hôtel de ses parents, mais travaillait toujours, et dormait assez souvent, dans son grand studio de Chelsea. Confortablement meublé de canapés profonds aux couleurs vives, de statues de bois du Moyen Age français, de tapis précieux, il comportait une petite cuisine perfectionnée et une salle de bains digne d'un hammam. Lord et lady Fauntley n'avaient mis qu'une seule fois les pieds dans cet antre insolite, mais, après tout, comme l'avait dit Sa Seigneurie à la douce lady Fauntley :

– Autant cette marotte-là qu'une autre, pourvu qu'elle ne fréquente pas trop de communistes, et qu'on ne parle pas d'elle dans les journaux...

Lorna apporta les œufs et les déposa devant John déjà attablé.

– Ne recommencez pas à vous moquer de moi. Je ne suis pas jalouse mais cette petite vous préoccupe beaucoup.

– Vous croyez qu'elle le pensait vraiment, vous?

– Que vous êtes responsable de la mort de son père? Oh! elle en est bien capable. Et alors? Ce n'est pas parce qu'une jeune personne un peu excitée vous a dit des choses désagréables que vous allez continuer à risquer votre vie, pour le plaisir de lui amener l'assassin de son père, pieds et poings liés. Vos œufs vont refroidir, chéri.

– Lorna, je vais vous dire quelque chose que je n'ai encore dit à personne, ni à Flick ni à Lynch, qui m'auraient traité de don Quichotte, une fois de plus. J'ai comme adversaire une bande, non seulement de gangsters, mais certainement de trafiquants de drogue. Minx est une droguée; Grunfeld aussi, j'en mettrais ma main au feu : ses brusques mouvements de rage et ses impatiences ne s'expliquent pas autrement. Labat, lui, se contente probablement de gagner sa vie avec ce joli métier : trop tête froide et trop bon tireur pour se livrer à une passion aussi dangereuse! Et vous savez, ma chérie, si j'ai en horreur toute cette race, drogués et fournisseurs! C'est pour cela, et non pour les beaux yeux de Marie-Françoise, que je veux mettre fin aux activités de ces messieurs. Grunfeld dirige une organisation puissante, qui doit avoir son P.C. en Europe, et approvisionne l'Angleterre. Je serais très fier de pouvoir offrir son stock de « came », comme dirait Labat, à mes amis du Yard. Et j'y arriverai. Ne me dites pas que mes œufs vont refroidir : j'ai quelque chose à ajouter. Votre mère part cet après-midi pour le Hampshire, vous me l'avez dit. Vous allez me faire le plaisir de l'accompagner. Une bonne cure de verdure, loin des tueurs de Mr Grunfeld, vous fera le plus grand bien. Ce n'est pas la peine de protester, je n'écouterai même pas.

Lorna fronça les sourcils d'un air buté :

– Evidemment, s'il y a deux jolies femmes dans le circuit, je comprends que vous préfériez m'envoyer au vert!

– Taisez-vous, vos œufs vont refroidir. Zut! le téléphone.

Sans un mot, Lorna se leva et alla porter les œufs à la cuisine, pendant que John décrochait.

– Ah! c'est Flick!

– J'ai votre renseignement, mon ami. Gallifet connaît bien Labat, mais pas Grunfeld. Labat est recherché par la police, en France : trois meurtres dont un au revolver, un au couteau, et une strangulation!

– Fichtre! il n'aime pas la monotonie!

– Oh! ce sont trois meurtres *officiels*, mais Gallifet pense qu'il en a bien d'autres sur la conscience. C'est pour cela qu'il ne croit pas que Bidau ait jamais travaillé avec Labat. Bidau est un honnête cambrioleur, précisa Leverson, pour qui l'épithète n'était nullement paradoxale. Il n'est jamais passé du côté des tueurs. Je dois dire qu'il m'a fait bonne impression, hier.

– Nous verrons cela; je viens le prendre en filature à midi et demi, ne le laissez pas partir avant, surtout! Montrez-lui votre collection d'assiettes ou vos ivoires, ou bien faites-lui goûter votre fine, mais retenez-le.

– Entendu. Janet fera le guet, et me préviendra dès qu'elle vous apercevra dans la rue.

– Vous ne pourriez pas me trouver une femme de chambre dans son genre? Ici, le service laisse terriblement à désirer!

– Comment serez-vous habillé? demanda le receleur, qui connaissait bien les méthodes de travail de John.

– Oh! avec l'aide de Lorna, qui est en train de laisser brûler ses œufs après les avoir laissés refroidir, je vais ressusciter Mr Moore... J'ai un peu perdu la main, mais cela reviendra vite! Et maintenant, Flick, un dernier conseil : laissez tomber tout cela, je vous en supplie. Grunfeld est un homme trop bien renseigné, et je ne me pardonnerais jamais de vous avoir mêlé à cette histoire, si cela devait mal tourner pour vous!

Avec un rire amusé, le receleur raccrocha.

– Alors, vous me servez votre charbon, mon amour, ou vous faites d'autres œufs?

Lorna regarda John, furieuse :

– Pourquoi n'essayez-vous pas de trouver une femme de chambre comme Janet? Elle fait le guet...

– ... et d'excellentes brioches. Seulement elle est beaucoup moins agréable à embrasser!

A 11 heures, John se mit au travail. Installé devant une glace, dans la salle de bains, un coffret à maquillage ouvert devant lui, il commença par se vieillir d'une bonne quinzaine d'années. Lorna, assise sur le rebord de la baignoire, l'aidait de ses conseils, tout en se polissant les ongles. Un fond de teint très rose, quelques traits de crayon à fard, une teinture spéciale, que faisait disparaître une simple friction à l'alcool, donnèrent à Mannering l'apparence d'un sexagénaire grisonnant, hargneux et peu commode; un tampon de caoutchouc dans chaque joue, une mine prospère; et une fine pellicule jaunâtre – également en caoutchouc – sur ses dents blanches et régulières, la dentition d'un monsieur qui n'a jamais voulu mettre les pieds chez un dentiste.

– Vous ressemblez à un vieil Orson Welles! Vous auriez tout de même pu m'embrasser avant de vous faire cette tête-là! Si vous imaginez que vous êtes séduisant, maintenant?

– Je n'ai jamais dit que j'avais l'intention de vous embrasser, mon cœur! Mr Moore est un homme sérieux, il n'embrasse pas les jeunes femmes en pyjama.

– Ce n'est pas un pyjama, protesta Lorna, c'est ma tenue de travail.

– Mr Moore n'admet pas que les femmes travaillent... c'est un homme qui a des principes. Passez-moi donc ses pantalons rayés... et son veston trop étroit!

– Si votre tailleur vous voyait!

– Vous pouvez vous moquer! C'est exactement ce que je me suis dit hier soir, en revêtant mon providentiel gilet rouge. J'ai l'impression qu'il m'est impossible de travailler sans déplaire à mon tailleur! Maintenant, il ne vous reste plus qu'à me dire gentiment au revoir, et à me promettre que vous aurez quitté Londres ce soir!

– Vous y tenez vraiment?

– Lorna, je tiens à vous plus qu'à tout au monde. Je ne veux pas vous faire courir le moindre risque. Vous ne le savez donc pas?

Lorna sourit tendrement.

Quand Lorna sourit, disaient ses bonnes amies, elle devient vraiment très belle! Oui mais voilà, elle ne sourit jamais.

Avec John, Lorna souriait très souvent.

– Je le sais bien, mais j'adore vous l'entendre dire. Je vous promets de partir, mais vous, promettez-moi de téléphoner tous les soirs, même très tard. D'ailleurs je n'irai pas me coucher avant de vous avoir dit bonsoir.

– Promis. J'oubliais, chérie, votre mère est un véritable Who's Who. Demandez-lui donc si elle a entendu parler d'un certain Clayton, Richard Clayton.

Cinq minutes plus tard, John descendait. Un pressentiment inexplicable lui serrait le cœur et il faillit revenir sur ses pas. Après un coup d'œil à sa montre, il se raisonna : il fallait se dépêcher s'il ne voulait pas manquer Bidau.

A 12 h 25, il arrivait devant la maison de Flick. Un rideau bougea légèrement, et un charmant visage rieur apparut : Janet était à son poste. John lui fit un clin d'œil peu digne du respectable Mr Moore. Elle sourit et disparut. Il s'arrêta, faisant mine de chercher ses allumettes. Il n'attendit pas longtemps. Trois minutes après, un homme apparaissait, jeune, élancé et mince, les cheveux châtains, soigneusement lissés; son costume de serge bleue luisait bien un peu aux coudes, mais le pli de son pantalon était impeccable. L'homme se dirigea vers Aldgate-Station. Il marchait paisiblement, d'un pas souple et balancé. John n'eut aucun mal à le suivre.

Pour un Français, Bidau paraissait connaître parfaitement Londres. Sans hésiter, d'un pas de promenade, se retournant sur toutes les jolies filles qu'il croisait, il atteignit les jardins de la Tour.

Assis au soleil, des employés et dactylos bavardaient, mangeaient des sandwiches ou jetaient du pain aux mouettes qui piaillaient devant eux. Bidau s'arrêta à côté d'un vieux canon qui se dressait, menaçant la rive opposée de la Tamise, et attendit. John, pris de court, chercha des yeux un siège, faillit s'asseoir sur les genoux d'une jeune personne rousse qui le fusilla du regard, trouva une chaise et s'installa. 1 heure sonnait. Bidau avait rendez-vous, certainement.

De sa chaise, John pouvait l'examiner tout à loisir Flick avait raison : l'homme n'était pas antipathique. Des yeux extraordinairement bleus, railleurs et assurés. Une bouche ironique et sensible, et, traversant sa joue droite, une grande estafilade claire : une cicatrice. Soudain, John pensa à Minx et frémit désagréablement : il l'imaginait trop bien enfermée dans cette pièce luxueuse mais étouffante. Ce soir, elle commencerait à souffrir atrocement. Il avait déjà vu des gens privés de drogue : elle hurlerait, se roulerait à terre, se meurtrirait les poings aux murs ou à la porte et Grunfeld, impassible, la regarderait méchamment.

Brusquement le regard du Français se fixa sur un point précis : John tourna discrètement la tête et aperçut un homme, vêtu avec une élégance pleine de recherche, qui s'avançait sans un regard pour le menu fretin qui l'entourait. Etouffant un petit rire John pensa : « Mais il est ovale, ma parole! » En effet, de la forme de sa tête à son nez long et renflé et à ses épaules en bouteille de Saint-Galmier, tout, chez l'inconnu, faisait penser à un œuf.

« Et il a l'air à peu près aussi intelligent! »

D'un geste vif mais délibéré, l'arrivant toucha par deux fois le bleuet qui fleurissait le revers de son costume gris perle. Bidau, lui, porta une cigarette à sa bouche. Pour un observateur superficiel, il n'y avait rien là que de très naturel, mais pour John, cette mimique ne manquait pas d'éloquence. Avec un bref salut, Bidau arrêta l'inconnu, comme s'il voulait lui demander du feu. Mais rapidement il plongea la main dans la poche intérieure de son veston et en sortit un petit paquet plat, qu'il tendit à l'homme au bleuet, sans le lui donner. Avec un haussement d'épaule agacé, l'homme prit une enveloppe dans sa poche et la tendit à Bidau, qui alors seulement lui remit le paquet. John les regardait, hésitant : devait-il suivre Bidau ou l'inconnu? Le paquet contenait certainement l'argent de Flick. C'était donc l'homme au bleuet qui avait vendu l'Etoile et Bidau n'était qu'un intermédiaire. Il valait mieux suivre l'inconnu. John se leva lentement et soudain se raidit, tous ses sens en éveil : un nouveau venu approchait à pas pressés. Un nouveau venu au visage sombre et basané sous son feutre marron : Labat. Tout se passa avec une rapidité incroyable. Labat se dirigea vers le gandin et avec une superbe audace lui arracha tout bonnement le paquet des mains. L'homme eut un geste instinctif vers sa poche droite. Un vrai geste de gangster. Mais Labat d'un violent direct à l'estomac le stoppa net et il resta immobile, plié en deux. Quant à Bidau, un second arrivant – Haramboure! – l'avait envoyé toucher terre d'une énergique poussée dans le dos. Les assistants, qui jusqu'ici n'avaient rien remarqué, commencèrent à s'émouvoir. Quelques jeunes gens se levèrent et vinrent au secours des deux hommes. Mais Labat et Haramboure s'enfuyaient déjà. La chance du Baron, cette fois encore, montra le bout du nez : Labat se dirigeait du côté de John et allait passer devant lui. Traîtreusement, John étendit la jambe, le tueur trébucha et faillit perdre l'équilibre. Vivement, John lui arracha le petit paquet des mains et se dirigea d'un pas paisible vers un agent de police qui arrivait. Un instant Labat hésita à suivre cet inconnu, puis s'éclipsa sans demander son reste.

X

D'une voix métallique et haut perchée, l'homme au visage ovale se chargea d'expliquer au jeune agent qu'il n'était pas le premier venu :

– Je m'appelle Garston, Mathew Garston, mon ami! Et je ne comprends pas pourquoi il vous faut mes papiers! Après tout, c'est Monsieur et moi qui avons été attaqués... Au moment où Monsieur me demandait du feu. Enfin, prenez toujours ma carte.

– Vous connaissiez ces hommes, monsieur?

– Je ne les ai jamais vus.

– Moi non plus, dit Bidau, d'une voix nette et agréable.

– Et on ne vous a rien pris?

– Absolument rien, mentit Garston avec aplomb.

– A moi non plus.

– C'est vraiment curieux.

– Il s'agit probablement d'une erreur, si vous voulez mon avis, déclara Garston d'un ton péremptoire. Le plus simple serait de laisser tomber.

Impressionné par l'air protecteur et légèrement agacé de Garston, l'agent finit par se ranger à son avis et se contenta de disperser les badauds, oubliant même de demander ses papiers à Bidau. Garston et le Français se saluèrent froidement, et tournèrent les talons, chacun dans une direction opposée – Bidau, vif comme un lézard, Garston majestueux à souhait. Mannering décida de suivre le gandin. Ils sortirent des jardins de la Tour et remontèrent une rue peu animée. John comprit que son gibier était probablement venu en voiture et risquait de lui filer sous le nez d'une seconde à l'autre. Heureusement un taxi passait. John l'arrêta et tendit deux livres au chauffeur.

– Commencez par prendre cela et attendez. Je vous dirai où nous allons dans un instant.

Le chauffeur haussa les épaules mais ne protesta pas. Garston ne se doutait de rien. Après deux ou trois coups d'œil derrière lui, il ne se retournait même plus.

« Il a pensé que Bidau le suivait peut-être, comme il ne le voit pas, il ne se méfie plus », pensa John.

Arrivé à la hauteur d'une Wolseley grise qui stationnait, vide, Garston y monta et démarra lentement.

Le chauffeur s'appliqua à ne pas perdre de vue la Wolseley, qui roulait prudemment et se laissait rattraper à chaque feu rouge. Dans Lower Richmond Road, elle s'arrêta soudain devant un bureau de tabac. Garston descendit et entra dans le magasin. Mannering l'imita et décida d'abandonner son taxi et d'en prendre un autre que son gibier ne risquerait pas de reconnaître. Un peu plus loin que le bureau de tabac, sur le trottoir opposé, s'ouvrait un garage. Sans trop quitter la Wolseley des yeux, John entra. Un jeune homme à l'œil malin, la casquette sur l'oreille, était en train de régler l'avance d'une petite M.G. Mannering s'avança :

– Ça vous intéresse de gagner deux livres? Vous avez un moment à perdre?

– Pour deux livres il ne sera pas perdu.

– Vous pouvez me conduire quelque part?

– Où vous voudrez. C'est loin?

D'un geste, John montra au garagiste la voiture de Garston.

– Je ne sais pas. Il s'agit de suivre cette voiture.

Les yeux du jeune homme s'écarquillèrent.

– Je crois que nous n'aurons pas à aller bien loin. Mr Garston gare chez nous d'habitude.

Surpris, John hésita. Devait-il bénir le sort ou le maudire? Il allait savoir où habitait Garston, mais il risquait aussi de paraître suspect au jeune mécanicien qui avertirait peut-être son client.

– Vous en êtes bien sûr?

– Vous pensez!

– C'est un bon client?

– Enfin... C'est un client régulier.

La réticence du garçon fit penser à John que Garston n'était peut-être pas très aimé dans le coin. Il fronça ses gros sourcils, d'un air sérieux et embarrassé qui convenait bien à Mr Moore.

– Voyez-vous, mon jeune ami, on me propose de mettre de l'argent dans les affaires de Mr Garston, j'aimerais bien me renseigner sur lui auparavant. Ce bout de papier ne vous ferait pas plaisir?

Il fit craquer un billet tout neuf entre ses doigts.

– Oh si! monsieur.

Rassuré par ce soupir, John continua :

– Je voudrais jeter un coup d'œil sur la maison de Mr Garston. Je trouve que les maisons des gens vous renseignent tellement bien sur eux! Vous n'êtes pas de mon avis?

Le jeune homme parut se poser la question pour la première fois de sa vie :

– Ma foi c'est vrai! Celle de Mr Garston a un nom, un drôle de nom d'ailleurs : *Minx*. Chez moi il y avait un chat qui s'appelait comme ça!

Pour la seconde fois en une heure John revit le beau visage, les yeux sombres, la lèvre tiraillée par la petite cicatrice... Minx! Garston avait baptisé sa villa *Minx* : il ne pouvait s'agir d'une coïncidence.

Troublé, il suivit le jeune homme et monta dans une vieille Humber qui se dirigea lentement vers une petite impasse voisine, d'aspect résidentiel : trois maisons à droite, trois à gauche, une au milieu, toutes environnées de jardins et d'arbres.

– Minx, c'est au milieu.

– C'est très grand. Il a de la famille, Mr Garston?

– Mais non, deux domestiques seulement, deux hommes. Drôles de citoyens si vous voulez mon avis! Je ne voudrais pas les rencontrer le soir au coin d'une rue.

– Maintenant vous allez me conduire à Piccadilly, jeune homme! Enfin, il paraît bien installé, Mr Garston! Je crois que je n'ai pas de craintes à avoir sur ses finances.

Mr Moore eut un petit rire débonnaire, et le jeune homme l'imita.

– Oh! pour ça! Un type qui possède au moins cinq bureaux de tabac! Et celui qui se trouve en face de notre garage marche drôlement bien!

– C'est ce qu'on m'avait dit, murmura John, tout en pensant : « Une chaîne de bureaux de tabac, par exemple! Comment l'Etoile a-t-elle pu tomber entre les mains d'un type qui s'occupe de bureaux de tabac? »

– Et puis, il le surveille de près, son magasin. Il y passe tous les jours. Ce n'est pas à lui qu'il échapperait une erreur dans les comptes! Au garage non plus. Quel enquiquineur! Et avec ça, radin : jamais un billet ne s'est sauvé de sa poche. Pas du tout le genre « gardez tout, je n'ai pas le temps d'attendre la monnaie », quand il prend de l'essence!

– Ma foi, je crois que c'est mon genre à moi. Nous

nous entendrons bien, vous et moi. Seulement pas un mot à Garston. Promis?

– Promis!

Le jeune homme paraissait enchanté de jouer un tour à un client désagréable, et John se sentit tout à fait rassuré.

Il descendit à Piccadilly et se dirigea vers Hyde Park. C'était bien joli de se déguiser, mais comment rentrer chez lui maintenant? Si Bristow ou Tring se trouvaient dans les parages, venus lui rendre visite, il faudrait leur donner des explications... gênantes! Mais ce n'était pas la première fois qu'il se trouvait dans ce cas. Il connaissait à Fuller Mansions un immeuble élégant, dont les petits appartements meublés se louaient fort cher à n'importe qui, et n'importe quand. Un quart d'heure plus tard, il avait payé un mois de loyer pour un studio et une salle de bains. Dès qu'il fut seul, son premier soin fut d'ouvrir le petit paquet miraculeusement repris à Labat : il ne s'était pas trompé. Huit mille livres, en billets usagés. L'argent de l'Etoile. John perdait deux mille livres dans l'opération; la commission de Flick. Mais ce n'était pas payer trop cher l'aide du receleur. Vingt minutes plus tard, il sortait, démaquillé, rajeuni, mais toujours aussi mal habillé.

Rentré chez lui il commença par aller inspecter son frigidaire. Il restait du poulet. Affamé, il s'attabla, mais le téléphone sonna aussitôt.

– On dirait qu'il est branché sur ma fourchette! maugréa-t-il. Chaque fois que je commence à manger, ce sacré instrument se met à carillonner.

C'était Bristow.

– Où étiez-vous fourré, Mannering? J'essaie de vous avoir depuis ce matin.

– Qu'est-ce qui se passe : vous avez retrouvé les quatre Etoiles, ou bien la caverne de Grunfeld?

– Non, grogna l'inspecteur, mais sir David veut vous voir. Il nous attend à 3 heures.

– Eh bien dites-lui que j'ai horreur des ultimatums, et que je suis pris à 3 heures, mais que j'essaierai de passer à 5.

– Vous êtes bien mal luné.

– A force de voir jour et nuit des policiers grincheux, je commence probablement à leur ressembler.

John raccrocha.

Une demi-bouteille de Bordeaux et un énorme morceau de poulet lui rendirent sa belle humeur. Puis il remplaça les vêtements étriqués de Mr Moore par un complet admirablement bien coupé. Il s'appliquait à nouer sa cravate lorsque le téléphone sonna à nouveau. Il décrocha et sentit son cœur battre plus vite. Basse, gutturale, et pourtant onctueuse, il reconnaissait la voix de Grunfeld.

– Ah, vous êtes enfin rentré chez vous, Mannering? Et en parfaite santé, je suppose? Profitez-en, cela ne durera pas longtemps.

D'une voix détachée, Mannering répondit joyeusement :

– Si vous saviez comme j'étais impatient de vous entendre! Je voulais vous décrire ce que je vois là, devant moi, sur une table : un petit paquet de billets; évidemment ils ne sont pas neufs, mais très séduisants quand même. Labat me les a si gentiment donnés que je ne pouvais vraiment pas les refuser.

– Quoi! Vous étiez...

– ... A la Tour, eh oui! Votre Labat est un peu voyant, je l'ai rencontré, bien par hasard et aussitôt suivi. Je me demandais qui il allait bien tuer. J'ai été très étonné en voyant qu'il se contentait de faire un peu de boxe. Ce qui fait qu'il en reste à trois meurtres seulement, comme score officiel.

Grunfeld s'étrangla de rage.

– Qui vous a dit...

– Oh! je suis très populaire, tout le monde m'adore et j'ai des amis un peu partout. A Paris, par exemple. J'en ai appris de belles sur votre Labat. La prochaine fois que vous me téléphonez, je pourrai probablement vous raconter votre propre vie.

– Il n'y aura pas de prochaine fois, fit Grunfeld d'une voix froide et menaçante.

– Comme vous êtes jeune! croyez-en un vieux grand-père comme moi : on ne peut pas être aussi affirmatif, dans la vie, sans courir le risque de se tromper! A votre place, Grunfeld, je ferais une petite cure...

– Une cure?

– Ne faites pas l'étonné! Pas une cure d'eau minérale, bien sûr, ni de légumes verts. Si vous continuez à vous droguer, vous ne pourrez jamais mener vos hommes et vos affaires, vous perdez trop facilement la tête! Je frémis en pensant à la façon dont vous avez traité cette pauvre Minx hier soir. Sur ce, je vous quitte, ma petite promenade à la Tour m'a retardé et je n'ai pas fini de déjeuner. Mais je suis ravi de vous avoir entendu.

Il raccrocha, imaginant sans peine le visage furieux de Grunfeld : un homme en colère fait plus facilement une sottise ou une erreur que s'il est de sang-froid...

XI

Réconforté par sa conversation avec Grunfeld, John ouvrit avec entrain un pot de confiture de fraise et commençait à la manger avec une cuillère à potage lorsque le téléphone sonna pour la troisième fois. C'était Lorna.

– Chéri, j'ai le renseignement que vous m'avez demandé. Vous ne me félicitez pas!

– Si vite? Comment avez-vous fait?

– Tout le mérite en revient à maman : il m'a suffi de la laisser parler. Elle connaît très bien les Rutland, qui sont alliés aux Clayton. Votre Richard est la brebis galeuse de la famille, mon chéri. Il donne les pires inquiétudes à ses malheureux parents. D'abord, il s'est amouraché d'une jeune Française. Les Clayton sont du genre pauvre mais fier, à qui il faut avant tout de la particule! Ils se méfient de la jeune personne.

– Ils ont bien tort : elle descend de Louis XV! Vous pourrez l'apprendre à votre mère, cela l'intéressera certainement.

– Comment? C'est Marie-Françoise! Vous auriez pu me prévenir! s'écria Lorna indignée. Enfin!... Depuis quelque temps, le jeune Richard exagère vraiment : il a touché un héritage inattendu – un oncle, je crois – et au lieu de faire réparer le toit familial, il a tout gardé pour lui, et personne ne sait ce qu'il en a fait.

– Moi si : il l'a confié à La Roche-Cassel qui s'est chargé de le dépenser rapidement.

Lorna poussa un petit sifflement amusé.

– Je commence à comprendre. Comme on a très mal pris cela chez lui, il est parti en claquant les portes, et s'est installé on ne sait où.

– Là encore, je suis bien renseigné : dans une pension de famille de Streatham et vous comprenez maintenant qu'il n'en mène pas large : fiancé à Marie-Françoise, ruiné par le père de celle-ci et par surcroît au courant du vol des Etoiles! Si jamais tout cela se savait, mauvaise journée pour l'honorable famille Clayton!

– Et comment est-il, ce Chérubin?

– Un jeune coq, prétentieux, coléreux, avec une voix qui me tape sur les nerfs.

– Coléreux! Marie-Françoise n'a pas l'air commode non plus. Les assiettes vont voler, dans le ménage.

– Si jamais il y a ménage! Je les trouve bien mal partis tous les deux, ajouta John qui ne croyait pas si bien dire... Chérie, je voudrais rester des heures avec vous, mais je crois qu'on sonne à la porte. Je vais glisser un revolver dans ma poche, et aller ouvrir.

– Ne plaisantez pas sur ce sujet, John.

– Mais je ne plaisante pas! Je vous rappellerai ce soir. En attendant, n'oubliez pas de penser à moi de temps en temps.

En effet, John ne plaisantait pas. Il raccrocha, ouvrit un tiroir, prit un 7,65, et le glissa dans sa poche.

Alors seulement il alla entrebâiller la porte. Il aperçut le chapeau Eden noir et l'éternel parapluie de sir David, et, derrière lui, le feutre marron de Bristow. Il ouvrit plus grande sa porte.

– Vous êtes bien long, mon cher, remarqua sir David. Il vous faut le temps de dissimuler vos trésors?

John esquissa une petite grimace : Foulkes ne croyait pas si bien dire! Dans un placard discrètement aménagé derrière une commode, mais facile à dénicher pour un fouilleur expérimenté, dormaient tranquillement masques blancs, pistolets à gaz, et autres bagatelles du même genre.

– Je n'ai pas de trésors. Mais je parlais à une jolie femme, et ensuite j'ai préféré prendre mes précautions.

Il montra son arme aux deux hommes qui entraient.

– Vous ne me demandez pas si j'ai un permis?

– Si vous n'en aviez pas, fit Bristow, narquois, vous ne nous auriez rien dit...

– Toujours cette éternelle suspicion! David, que pensez-vous de mon petit cadeau?

– Oh! je ne sais pas. Je vous connais si bien, soupira Foulkes en s'asseyant et en acceptant une Benson que lui offrait John. Mais je suis obligé de vous remercier tout en pensant que vous ne nous avez peut-être pas dit la vérité sur cette mystérieuse Etoile.

– Et la presse? Elle n'en a pas parlé?

– Vous savez que la police française nous a demandé la plus grande discrétion, répondit Bristow. Nous n'avons encore rien dit.

L'air sérieux et presque sévère, Foulkes reprenait :

– John, je voudrais vous parler de Mlle de La Roche-Cassel. Je crois que vous nous cachez quelque chose. Et je n'aime pas beaucoup cela. Et d'abord, où est-elle?

– Comment, où est-elle? Mais je croyais que Lynch devait rester en contact avec elle!

– Il devait... oui, elle était descendue dans une pension de famille...

– Et alors elle s'est envolée?

– Non. Elle a été enlevée.

– Enlevée!

– Oui. Sa chambre était en désordre et sentait fortement le chloroforme. C'est ce qui m'a fait penser à vous : vous vous êtes souvent servi de chloroforme, vous aussi.

– Je ne suis pas le seul, grommela John. Il y a des centaines de médecins, et autant de dentistes, qui s'en servent aussi. Et puis, je vous ferai remarquer que vous me confondez probablement avec quelqu'un d'autre. Je ne vois vraiment pas pourquoi j'aurais besoin de chloroforme, moi.

– Le Baron en a souvent eu besoin...

– Encore cette vieille histoire! De toute façon je n'ai pas chloroformé, ni enlevé Marie-Françoise.

– Ah! vous l'appelez par son prénom?

– Si elle avait un nom de famille plus facile à prononcer...

Bristow intervint :

– Pouvez-vous prouver que vous n'étiez pas à Streatham ce matin?

John sourit, déconcerté : il ne voulait à aucun prix parler de Bidau, Garston, et compagnie.

– A quelle heure, mon cher ami?

– Entre 10 et 11 heures.

– Entre 10 et 11 heures j'étais à Chelsea. Je suppose que vous ne mettrez pas en doute la parole de miss Fauntley?

– Certainement pas, répondit Bristow. Mais j'aimerais quand même un autre témoin.

– Eh bien, à 10 heures environ, un livreur est venu apporter du lilas. Du lilas mauve pour être précis. Je lui ai ouvert la porte. J'ai le numéro de téléphone du fleuriste, là : c'est moi qui avais commandé le lilas! Si vous voulez l'appeler?

– Non, je crois que c'est inutile. Mais vous auriez pu être à Chelsea à 10 heures et à Streatham avant 11 heures.

– Avec un bon avion à réaction, oui. Mais si vous faisiez marcher vos méninges, Bill, vous vous épargneriez toutes ces questions : pourquoi voulez-vous que j'enlève Marie-Françoise?

– Oh! nous nc savons plus où nous en sommes, avoua franchement sir David.

– Je vous plains. Mais puisque Lynch ne voulait pas la perdre, cette précieuse enfant, il n'avait qu'à la faire surveiller.

– Mais il l'a fait! protesta Bristow, véhément. Il y avait un homme à nous devant la pension de famille.

– Et il n'a rien remarqué? Décidément vos hommes ne s'intéressent guère aux enlèvements, en ce moment.

– Pas quand ils sont à l'hôpital, en bien triste état, non! répliqua sèchement Bill.

– Il a été renversé par une voiture, expliqua sir David, et pendant que tout le monde s'occupait de lui, Mlle de La Roche-Cassel a disparu.

– Renversé par une voiture? Alors ne cherchez pas plus loin, je vous parie que c'est mon Grunfeld! Lynch vous a parlé de cet affreux bonhomme?

– Bien sûr. Mais dites-moi d'abord ce que vous savez sur Marie-Françoise.

– Rien, ou presque. Elle savait que son père devait venir me voir, hier. Quand il n'est pas rentré à leur hôtel, elle est venue me trouver pour me demander ce que j'avais bien pu en faire. C'est tout. Elle n'est pas loin de me croire responsable, sinon coupable, du meurtre de ce pauvre homme. Je dois dire que je ne lui en veux pas. Malgré tout son courage, car elle en a, elle est complètement affolée.

– Et ce Clayton?

– Son fiancé?

– Je ne savais pas qu'ils étaient fiancés, grogna Bristow.

– Vous ne m'étonnez pas, il faut toujours que je vous apprenne du nouveau! Tenez, je vais être gentil...

Et John leur raconta ce que Lorna lui avait dit.

– C'est vraiment surprenant, soupira sir David, vous êtes renseigné sur tout le monde!

– Hélas non! je ne sais rien de Grunfeld et c'est lui qui m'intéresse.

– Nous nous en chargeons. John, à ce sujet, un dernier conseil. Si dans les heures qui suivent, j'entends parler du Baron, je me fâche. J'arriverai bien à trouver un motif pour vous faire boucler, au moins pendant quelques jours!

– Si je connaissais le Baron, David, je lui ferais part de votre avertissement. Mais je n'ai aucun rapport avec ce monsieur. Dommage, ajouta-t-il avec insolence, il pourrait me donner un sérieux coup de main, en ce moment!

Sir David haussa les épaules :

– Espèce d'entêté! enfin, si vous ne voulez pas comprendre... (Et se levant, il se dirigea vers la porte.) Ne vous dérangez pas. Bristow reste avec vous, il voudrait votre déposition au sujet de Grunfeld...

– Vous allez me faire raconter mon feuilleton une seconde fois? protesta John.

– Ma foi, vous n'aviez qu'à réfléchir avant de proposer votre aide à la police. Nous sommes des gens exigeants... John, cette Minx... dont m'a parlé

Lynch... elle a probablement de jolies jambes, comme par hasard...

En riant, il avait ouvert la porte, et se tenait immobile sur le seuil.

– Des jambes magnifiques, et des épaules...

John s'interrompit. Un très léger bruit s'était fait entendre : le *plop* d'un bouchon de champagne discrètement étouffé par une serviette... Mais Bill et John savaient trop bien ce que cela signifiait!

Ils se précipitèrent vers Foulkes qui, avec un gémissement, portait une main à sa poitrine, et glissait doucement à terre. Bristow se pencha sur lui.

– Il y a un médecin à l'étage au-dessus, Bill! lui jeta Mannering, qui s'élançait, et après un rapide coup d'œil, dévalait quatre à quatre les escaliers, à la poursuite d'un homme très brun.

Lorsque John arriva dans le hall l'homme brun atteignait la porte de la rue. John, qui avait pris son revolver dans sa poche, leva le bras pour tirer. Mais deux femmes arrivaient, papotant joyeusement. John laissa retomber son bras et hurla :

– Arrêtez-le, bon Dieu!

L'homme se retourna, leva le bras et tira. Les nouvelles venues se mirent à pousser des cris stridents. Mais John avait plongé, et la balle passa au-dessus de lui avec un petit *plop* étouffé.

Les femmes piaillèrent de plus belle. Les bousculant violemment, l'homme disparut dans la rue. John s'était relevé; en trois enjambées il sortit, mais trop tard... L'homme était monté dans une Austin rouge et démarrait en trombe.

John le suivit des yeux : il conduisait comme un fou. Il se faufila entre deux Daimler, égratigna une Sunbeam et faillit renverser une jeune fille qui traversait le nez en l'air. Les passants commencèrent à s'arrêter et un coup de sifflet strident retentit. Venant de Piccadilly, deux agents arrivèrent en courant. Les coups de sifflet redoublèrent.

Le fuyard perdit la tête. Il donna un furieux coup d'accélérateur. La voiture bondit et heurta violemment l'arrière d'un énorme camion qui déboîtait sans se gêner. Dans un fracas impressionnant, la voiture s'immobilisa. L'homme ouvrit la portière, l'arme au poing, mais un agent l'attendait déjà. Impassible, il laissa retomber sa matraque sur la tête du gangster qui s'écroula, sans un geste...

Dix minutes plus tard, John remontait chez lui. Il avait fourni toutes les explications nécessaires à l'agent, et le prisonnier était parti pour Bow Street, où le sergent Tring se chargerait de le réceptionner.

John était en proie à une rage froide, et profondément désolé, car il savait bien que la balle qui avait atteint Foulkes lui était destinée.

Bristow et le docteur, que John connaissait bien, s'affairaient autour de Foulkes, pâle et inconscient.

– Je crois que nous pouvons le faire transporter, déclara le docteur. Où est votre téléphone, Mannering? Je vais appeler une ambulance.

– Par là, docteur. J'espère que l'agent Henrey aura de l'avancement. Grâce à lui il n'y a pas eu d'autre victime. Notre homme aurait abattu n'importe qui.

– Il est arrêté, au moins? demanda Bill, les yeux brillants de colère.

– Emballé pour le Yard, oui.

– Le salaud! Si jamais sir David...

John l'interrompit et alla prendre un flacon de whisky et deux verres :

– Je crois que nous pourrions boire un coup, Bill, nous en avons besoin.

– Il a tiré sur vous?
– Dans le couloir, oui. Comme vous voyez, il m'a raté!
Le docteur revenait vers eux :
– L'ambulance sera là dans cinq minutes. Il faudra probablement l'opérer. Si vous alliez bavarder à côté tous les deux?
Ils passèrent dans la chambre de John, le verre à la main. Mannering se laissa tomber sur le lit. Bristow s'affala dans un gros fauteuil, et, parcourant du regard la chambre sévère, avec ses meubles d'acajou et ses rideaux bleu marine, il constata d'un air absent :
– Ce qu'il vous faudrait Mannering, c'est une femme, et une famille! Vous vous tiendrez peut-être tranquille, alors; et tout le monde s'en porterait bien mieux.
Faisant discrètement tourner son whisky dans son verre John approuva :
– Je suis furieux, Bill, c'est moi que ce voyou venait abattre. Envoyé par Grunfeld, certainement.
– Bah! c'est notre métier... Vous n'y pouvez rien.
– Si : avant votre arrivée Grunfeld m'avait téléphoné, et j'ai eu le tort de le mettre hors de lui. Je voulais qu'il perde son sang-froid et qu'il fasse enfin une erreur. Mais je ne me doutais pas que David paierait les pots cassés. Je ne vais plus oser me présenter devant Patricia si elle apprend que son mari a pris une balle qui m'était destinée!
– Vous avez quand même réussi : votre Grunfeld a bien fait une erreur. Son tueur est arrêté et je vous assure qu'il parlera. C'est moi qui m'en charge.
– Il parlera, mais je doute qu'il vous apprenne quoi que ce soit d'intéressant. Je connais *mon* Grunfeld, comme vous dites si bien : s'il a envoyé

un tueur chez moi, c'est certainement un homme qui n'appartient pas à leur bande et que Labat aura ramassé n'importe où. Enfin, vous pouvez toujours essayer.

– Comptez sur moi! (Le visage habituellement aimable de Bristow était dur et sévère.) Ils commencent à exagérer, ces cocos-là : La Roche-Cassel hier, l'homme qui gardait Marie-Françoise ce matin, sir David maintenant...

– Au fond, ce qui vous a le moins contrarié c'est encore mon enlèvement. Ce n'était pourtant pas une partie de plaisir.

– Si encore ça pouvait vous servir de leçon.

Le docteur entrait dans la chambre :

– Les infirmiers sont là, inspecteur; je les accompagne. Si vous voulez nous rejoindre, nous allons à la London Clinic.

– Je vous suis.

– Appelez-moi ici, Bill, pour me dire comment cela se passe. Je ne bougerai pas avant votre coup de téléphone.

Resté seul, John se versa un second whisky et, étendu sur son lit, essaya de mettre de l'ordre dans ses idées.

« Quel chaos! Que Grunfeld m'ait envoyé un spadassin, rien de plus naturel. Qu'il ait fait enlever Marie-Françoise, c'est encore très compréhensible : il espère qu'en l'interrogeant il finira par en savoir plus long sur les Etoiles. Mais comment Labat était-il au courant du rendez-vous de la Tour, cela, c'est une autre histoire. Personne ne suivait Bidau, j'en suis certain. D'ailleurs, l'agression était certainement préparée à l'avance... Qui a volé les Etoiles? Encore une autre histoire! Je ne crois pas que ce soit Garston. Il les aurait vendues toutes les cinq ensemble. Il n'a pas de besoins d'argent pressants, d'après ce que j'ai appris, et il sait très bien que la collection complète a plus de valeur que des pierres isolées. C'est donc le mystérieux voleur qui a vendu une Etoile et une seule, à Garston... Ce qui est certain, c'est que Grunfeld cherche éperdument ces fichues Etoiles, et que c'est grâce à cela que je le retrouverai. Parce que je le retrouverai! Pourvu que je n'arrive pas trop tard... »

John revit la tête blonde de Marie-Françoise. La savoir aux mains de Grunfeld lui faisait horreur.

« Pourtant, elle ne m'a pas épargné. Evidemment, elle a un peu raison. Son père s'est fait assassiner en m'apportant les Etoiles. Mais elle exagère quand même : on l'aurait tout aussi proprement trucidé s'il avait vendu les pierres à quelqu'un d'autre... Quelqu'un d'autre! Et si La Roche-Cassel avait proposé les pierres à un autre collectionneur, pour lui annoncer ensuite qu'il me donnait la préférence. Le type, furieux, aurait pu essayer de s'emparer quand même des Etoiles. Oui, mais alors, il ne les aurait pas revendues immédiatement! Ah! Quelle marmelade d'oranges, comme disait ma nurse. Ma seule consolation, c'est que Grunfeld ne doit pas y comprendre grand-chose non plus. Si je dormais un peu? Qui sait la soirée que je vais encore passer... Le coup de téléphone de Bill me réveillera. »

Aussitôt dit, aussitôt fait : comme Sarah Bernhardt, Napoléon ou Ingrid Bergman, le Baron savait s'endormir à volonté.

XII

Une sonnerie le tira d'un sommeil paisible. Il était à peine 6 heures. John bondit vers le téléphone, puis s'arrêta : c'est à la porte d'entrée que l'on sonnait!

Sans peur du ridicule, il saisit carrément son revolver, et s'approcha, collant son oreille contre le battant. Il entendait nettement une respiration saccadée et rapide : une respiration de femme hors d'haleine.

Marie-Françoise?

Toujours méfiant, il entrebâilla la porte, mais un coup d'œil le rassura. Ahuri, il murmura :

– Janet.

La femme de chambre de Leverson se tenait devant lui; mais son visage qu'il n'avait jamais vu que souriant était brouillé de larmes, et elle se mit à sangloter éperdument :

– Il est arrivé quelque chose à Flick?

– Oh! Mr Mannering! (Elle s'écroula dans les bras de John qui la fit entrer et l'installa dans un fauteuil.) Il faut que vous le retrouviez, Mr Mannering! Il faut que vous le retrouviez!

– Calmez-vous, Janet!

Rapidement, il lui versa un sérieux whisky et le lui tendit.

– Buvez. Maintenant, je vous écoute.

Elle avala son whisky sans sourciller et lui rendit le verre avec un pauvre sourire :

– Monsieur faisait sa sieste cet après-midi. Deux hommes ont sonné, et... c'est ma faute, je n'aurais jamais dû ouvrir!... Mais avant que j'aie compris ce qui se passait, ils m'avaient envoyée dans les pommes. Quand je suis revenue à moi, ils étaient en train de brutaliser ce pauvre Monsieur... Ils voulaient savoir où étaient les Etoiles... Des Etoiles! Je vous demande un peu! c'est idiot, non?

– Non, répondit gravement John. Pas du tout.

– Ça vous dit quelque chose? Tant mieux! Parce qu'ils l'ont emmené, en le bousculant comme il n'est pas permis, et en l'injuriant! Lui qui est toujours si poli! Je n'ai pas osé téléphoner à la police, j'ai préféré vous en parler avant. De vive voix. Votre ligne aurait pu être surveillée!

– Comme vous me connaissez bien! Vous avez très bien fait, Janet. Vos deux hommes étaient bruns, avec des yeux noirs, n'est-ce pas?

– Oui... L'un des deux était même beau garçon. Mais avec un regard effrayant! Qu'est-ce qu'ils vont faire à Mr Leverson?

– Retournez à la maison, Janet, au cas où Flick vous donnerait de ses nouvelles. Et s'il le fait, téléphonez-moi aussitôt. Si je ne réponds pas, insistez, aussi longtemps qu'il le faudra : il faut que je sorte dans la soirée.

Janet se remit à sangloter, et John posa la main sur les beaux cheveux châtains :

– Je ferai mon possible pour le retrouver rapidement, mon petit. C'est à cause de moi que ces salauds l'ont embarqué. Dites-moi, Janet, vous n'avez personne qui puisse venir vous chercher et vous raccompagner? Cela m'ennuie de vous savoir seule là-bas, ce soir...

Janet rougit :

– Si, monsieur. J'ai deux amis. Deux frères. Ils viendront certainement. Je pourrais leur téléphoner. Ils sont tous les soirs avant le dîner dans un bar que je connais... (Et courageusement, elle fit son numéro, tout en expliquant à John :) Il y a trois ans que je les connais, je peux compter sur eux. Ce sont des jumeaux... Ils veulent m'épouser tous les deux! Mais comment voulez-vous que je choisisse, ils se ressemblent tellement! Alors je sors avec les deux!

En quelques phrases impératives, Janet fit savoir à ses jumeaux qu'elle avait besoin d'eux.

– Je vais les attendre en bas, monsieur.

– Dites-moi, Janet, ce sont des clients de Flick, vos jumeaux?

– Oui monsieur. Ils travaillent surtout sur les champs de courses.

– Des hommes sûrs?

– Oh! oui, Mr Leverson les aime bien!

– Alors restez en contact avec eux. Ils pourraient bien m'être utiles dans les heures à venir!

Janet partie, John s'arma de patience. Enfin le téléphone daigna sonner : c'était Bristow.

– Tout va bien, Mannering. On a extrait la balle et sir David est hors de danger. Je file au Yard. Je vais interroger mon bonhomme. Mais Poids-Lourd a déjà essayé et n'en a rien tiré d'intéressant, comme vous l'aviez prévu! C'est un Français. Il a reçu ses ordres par téléphone. Labat, qu'il a connu à Paris, lui a donné votre adresse et votre signalement, en lui ordonnant de vous abattre. Il devait venir toucher sa paie dans un petit bar qu'il a indiqué... évidemment, j'y envoie un homme... mais sans espoir. Ceci dit, nous allons nous lancer sur toutes les pistes que nous trouverons. Et je ne veux pas vous rencontrer sur mon chemin, Mannering!

– J'ai quand même la permission de sortir, non?

– Le jour seulement. Et sans déguisement.

– Comptez sur moi : je vous obéirai...

Avec un sourire ironique, John raccrocha et alla aussitôt prendre dans un placard une petite valise de cuir...

XIII

Bien souvent, dans sa carrière hasardeuse, et à laquelle son éducation de fils de bonne famille ne l'avait certes pas préparé, Mannering avait remarqué l'importance des accessoires. Aussi ne possédait-il pas moins de quatre exemplaires de ce que Lorna appelait, « votre panoplie de Baron » : pistolet à gaz, masque blanc, trousse à maquillage, gants de coton et de caoutchouc et une grande ceinture de toile faite spécialement pour lui et munie de différentes poches où se trouvait rangé l'outillage perfectionné du Baron. Une de ces panoplies se trouvait à Chelsea, une autre chez Leverson, et les deux autres dans l'appartement de John. Il décida d'en emporter une à Fuller Mansions.

Sifflotant allégrement, il rangea la panoplie dans sa valise de cuir et y ajouta le costume de Mr Moore, un imperméable noir très léger et une paire de chaussures à semelles de crêpe. Puis il se coiffa d'un feutre marron aux bords rabaissés et sortit.

Dix minutes plus tard, il ouvrit la porte du studio de Fuller Mansions, après avoir acheté en route tout ce qu'il fallait pour faire un bon café.

Dix autres minutes lui suffirent pour se faire la tête de Mr Moore, dont il revêtit le costume étriqué. Autour de sa taille, la ceinture de toile bourrée d'outils lui faisait un ventre de propriétaire. Puis il enfila l'imperméable noir et glissa dans une poche le pistolet à gaz du Baron et l'écharpe blanche, percée de deux trous pour les yeux, qui lui servait de masque. Dans une autre poche, un Colt impressionnant... mais déchargé. Quand le Baron allait se promener dans des maisons inconnues, il avait, entre autres principes, celui de ne jamais porter d'arme sinon vide. Son expérience lui avait appris qu'un revolver change bien vite de main et qu'il valait mieux essayer de s'emparer de celui de son adversaire que de courir le risque de lui donner le sien! Pratiquement, cela revenait au même, mais aux yeux de la loi, le Baron tenait à rester désarmé et inoffensif.

Si, tout l'après-midi, John avait eu envie d'aller faire un tour chez Garston, le dandy en forme d'œuf, il se sentait maintenant poussé par une force irrésistible : seule une perquisition chez Garston pourrait le renseigner sur Grunfeld... Et Grunfeld séquestrait Leverson! A l'heure qu'il était, il l'interrogeait peut-être. John savait que rien ni personne ne pourrait faire parler le vieux receleur, mais il tremblait en pensant aux moyens que ne manquerait pas d'employer Grunfeld.

Vers minuit, il louait, sous un faux nom, une petite M.G. Le garagiste parut surpris de voir un respectable et corpulent quinquagénaire se glisser dans ce frêle engin, mais John voulait une voiture capable de démarrer rapidement. Vers 1 heure, il s'arrêtait dans Lower Richmond Road, et rangeait la M.G. près de l'impasse qu'il avait aperçue cet après-midi.

La nuit était épaisse, et l'impasse mal éclairée. Une fraîche odeur d'arbres et de fleurs montait des jardins. Aucune lumière aux fenêtres de *Minx*. Dans le lointain, quelqu'un jouait du piano, maladroitement, mais la mélodie très simple prenait une étrange valeur dans la nuit.

Le Baron avait une nette prédilection pour les entrées de service, et il fit rapidement le tour du jardin. Il ne se trompait pas : alors qu'un énorme cadenas fermait la grande grille, la porte dérobée qui donnait au fond du jardin n'avait qu'une simple serrure. Un des meilleurs serruriers de Londres avait, pendant six mois, enseigné tous les secrets de son art au Baron, sans jamais se douter de l'usage très particulier qu'allait en faire son élève! Cette fois encore, en moins de dix minutes, la serrure fut ouverte. La traversée du jardin n'offrit pas de difficulté, et John atteignit sans encombre la façade arrière de la villa.

Plusieurs fenêtres s'offraient à lui, et, détail surprenant, aucune n'avait de volet. John en choisit une presque au hasard. Après avoir enfilé ses gants de coton, il ouvrit sa ceinture, prit un tournevis de métal et l'inséra d'un geste vif entre le cadre de la fenêtre et son montant. Aussitôt, il fit un bond en arrière, mordant sauvagement ses lèvres pour se retenir de crier : une effroyable décharge avait traversé la lame et le manche d'acier, puis le bras de John. Il crut un instant que son poignet droit était brisé, tant le choc avait été violent. Suffoquant, il resta quelques secondes immobile, le front et la nuque humides de sueur. Mais à sa grande surprise, il n'entendit retentir aucune sonnerie... et rien ne bougea autour de lui.

Quand le Baron travaillait, il savait reprendre rapidement ses esprits! La maison de Garston était donc soigneusement défendue, et parcourue par un puissant courant électrique! Que pouvait-elle bien contenir qui vaille la peine de prendre de telles précautions!

Un courage nouveau envahit John : quelque

chose lui disait qu'il n'était pas venu ici pour rien!

A condition toutefois qu'il puisse entrer! Il n'avait entendu aucun signal d'alarme, mais Garston n'en était peut-être pas moins informé de sa tentative! Si John essayait de pénétrer par une fenêtre – après avoir perdu un temps précieux à couper ce maudit courant – il risquait de se faire cueillir aussitôt...

Une seule solution : arriver par un endroit d'où personne ne pouvait s'attendre à le voir surgir...

Il ne put s'empêcher de sourire : le Baron allait jouer au Père Noël. Il leva le nez : la villa n'avait que deux étages, et le toit n'était pas tellement pointu. Après tout, pourquoi ne pas essayer? S'il pouvait seulement trouver une échelle!

Il abandonna son tournevis dans le bois de la fenêtre, peu soucieux de prendre une autre décharge, et se dirigea vers une remise dont il apercevait vaguement la forme dans la nuit. La porte n'était même pas fermée. A la lueur de sa torche électrique, John aperçut une quantité d'outils de jardinage, et une grande échelle démontable. La Chance ne le quittait pas... Il revint doucement vers la villa. Dépliée, l'échelle se révéla assez longue pour atteindre le toit à son point le plus bas. John l'appuya contre une gouttière. Toujours aucun bruit...

Alors, tirant de sa poche le masque blanc, il le noua soigneusement autour de son visage. Puis il commença à gravir les échelons, avec précaution. Autour de lui, le vent murmurait dans les arbres. Le piano jouait maintenant une sonate de Mozart, avec la même maladresse touchante...

John atteignit le toit. Il n'avait pas plu depuis quelques jours, et les tuiles étaient parfaitement sèches. Mais après une brève inspection, John dut constater que le toit n'offrait pas la moindre lucarne par laquelle il puisse se faufiler... Il se dirigea en rampant vers une petite plate-forme, après laquelle le toit repartait en montant légèrement. Ramper avec une ceinture lourde d'outillage autour des reins n'était pas une tâche très facile, et John pestait tout bas contre les architectes en général, et celui qui avait construit *Minx* en particulier. Mais soudain, sa torche fit briller une vitre : faiblement, car le verre était très épais et presque opaque. Priant le Ciel pour que Garston ait fait entretenir sa toiture, et que pas une tuile ne se détache, John finit par atteindre la lucarne.

Il n'avait aucune envie de recommencer l'expérience de tout à l'heure, et commença par inspecter soigneusement la vitre pour voir s'il n'y avait pas de fils électriques. Rien. Du moins, rien à l'extérieur.

Tranquillement, comme s'il avait tout son temps devant lui – il savait bien que c'était le seul moyen de travailler vite! John prit dans sa ceinture un diamant de vitrier, un tuyau de caoutchouc et une grande ventouse également en caoutchouc. Il cracha énergiquement sur la ventouse pour la mouiller et l'appliqua contre la vitre. Après quoi, il y assujettit le tuyau, dont il noua l'autre extrémité autour de son poignet gauche, et attaqua le verre avec son diamant.

Le diamant crissait doucement dans la nuit.

« On croira que c'est une souris, se dit John. Il doit y avoir un grenier là-dessous... »

Tout autour de la ventouse, il découpa un grand cercle de verre. La vitre, retenue par l'aspiration de la ventouse, ne se cassait pas. Elle était épaisse, mais John parvint cependant sans trop de mal à boucler la boucle. Puis, d'un geste vif, il tira sur le tuyau, qui amena avec lui la ventouse et, en même temps, la vitre. Le trou était assez large pour permettre à John de passer. Se penchant, il examina l'intérieur de la vitre et aperçut les fils électriques qui encadraient la lucarne, mais heureusement assez loin de la brèche taillée par le diamant.

Au-dessous de lui, John vit une pièce sombre. A la lueur de sa torche, il aperçut des malles, des caisses. Il rangea son matériel, abandonnant pourtant la ventouse et s'engagea dans l'ouverture qu'il venait de faire... Un instant, ses pieds se balancèrent dans le vide, puis finirent par rencontrer une malle plus haute que les autres. Doucement, avec d'infinies précautions, il s'y posa, tremblant qu'elle ne se renverse sous son poids. Mais elle se contenta de vaciller dangereusement, et, sans bruit, John put se laisser glisser à terre.

Allumant à nouveau sa torche, il regarda autour de lui. Il était bien dans un grenier en effet. Des malles et des caisses l'entouraient, soigneusement rangées. Garston avait des domestiques qui n'aimaient pas la poussière. Dans le fond, une seule porte. John s'approcha, posa la main sur la poignée et, surpris, sentit qu'elle résistait : la porte était munie d'une superbe serrure Yale. C'était même un modèle récent et coûteux, que l'on s'attendait plutôt à trouver sur un coffre-fort de bijoutier que sur une petite porte de grenier. De plus en plus surpris, John constata que la partie importante de la serrure se trouvait à l'intérieur : c'est-à-dire que Garston voulait empêcher que l'on entre, non pas dans sa maison par son grenier, mais surtout dans son grenier par sa maison.

John se promit bien de réfléchir à cette bizarrerie. Mais pour l'instant il s'agissait d'ouvrir cette serrure. Heureusement, elle ne comportait aucun dispositif électrique, et ne lui donna pas grand mal. Au bout de dix minutes, il avait ouvert la porte du grenier et se trouvait devant un petit escalier. Laissant la porte ouverte derrière lui, au cas où il lui faudrait repartir par le même chemin, il descendit sans bruit les marches. Une autre porte, et une autre serrure Yale, identique à la première!

Ou bien Garston avait pour les serrures un goût vraiment immodéré... ou bien il cachait quelque chose de diantrement précieux dans son grenier! John faillit revenir sur ses pas. Mais il se souvint qu'avant tout il fallait retrouver Flick, c'est-à-dire Grunfeld... Il s'attaqua à la seconde serrure, et en vint facilement à bout.

Encore un couloir, et encore un escalier. Celui-ci débouchait tout simplement dans une luxueuse salle de bains. Prudent, John éteignit aussitôt sa torche et, à pas feutrés, s'approcha de l'unique porte.

Soudain, dans le silence épais qui l'environnait, une voix retentit. Métallique, haut perchée, horripilante : la voix de Garston!

John colla son oreille à la porte :

– Je vous avais bien dit qu'il y avait quelqu'un, bougres d'imbéciles! Amenez-le ici, et vite!

John se retourna instinctivement, et fouilla la pièce de sa torche : personne! La salle de bains d'un vert tendre était parfaitement vide. Comment Garston pouvait-il ordonner d'une façon aussi impérative : amenez-le! Le dispositif d'alarme avait certainement fonctionné, et il était au courant de la visite du Baron... Pourtant on n'entendait pas le moindre bruit dans la salle de bains, et encore moins dans le petit escalier qui descendait du grenier.

Par contre, à côté, Garston semblait s'énerver :

– Ficelez-le d'abord, et bien, mais sans l'endormir. Il était armé?

Personne ne répondait. Peut-être téléphonait-il? A moins qu'il n'ait affaire à des muets. Tout ceci tournait au cauchemar.

John haussa les épaules puis, brusquement, il comprit :

« Quel nigaud je fais! Ce n'est pas de moi qu'il s'agit. Garston a un autre visiteur ce soir... J'ai déclenché le signal d'alarme, et c'est le pauvre type qui s'est fait cueillir à ma place. Quelle idée aussi de s'amener dans une maison aussi bien gardée en même temps que le Baron! »

Etouffant un rire nerveux, John se baissa : par le trou de la serrure, il aperçut Garston, installé devant une grande table. Il ne téléphonait pas, mais, à côté de lui on voyait un interphone... Décidément, tous ces messieurs étaient on ne peut mieux organisés!

On frappa à la porte de la pièce où se tenait Garston, et aussitôt John entendit :

– Il vous a fallu six mois pour apprendre à frapper aux portes, mais si vous n'attendez pas que je réponde « entrez » c'est autant de perdu. Alors, montrez-moi votre colis!

Avec audace, John entrebâilla imperceptiblement la porte. Bien huilée, elle ne grinça pas, et personne ne remarqua rien. Par la fente, il put apercevoir une grande pièce, à la fois bureau et chambre à coucher, aussi luxueuse que la salle de bains, et brillamment éclairée. Garston était assis derrière une table de Boulle, des papiers étalés devant lui, et deux hommes, deux inconnus, entraient portant un corps inerte. John aperçut des chaussures noires impeccablement cirées et le bas d'un pantalon bleu. Flick?

– Déposez-moi ça sur ce divan, ordonnait Garston.

Brutalement, les deux hommes – deux gangsters de la plus belle eau – jetèrent plutôt qu'ils ne couchèrent l'homme inconscient sur un petit divan couvert de soie groseille. Le dos large et imposant de Garston cachait toujours le visage du prisonnier aux yeux de John.

– Il est bien ficelé, au moins?

– Oui, patron...

Garston se leva, et John put enfin voir sa victime : une grande cicatrice blafarde traversait sa joue droite. C'était Bidau!

XIV

La tempe gauche du Français était ensanglantée, et portait la trace d'un sérieux coup de matraque. Tout son visage était tuméfié.

Pourquoi diable Bidau avait-il essayé de pénétrer chez Garston?... John remit à plus tard la réponse à cette nouvelle question.

Toujours aussi aimable, Garston ordonnait :

– Fichez-moi le camp tous les deux! Et ne me dérangez pas. Je connais ce monsieur. J'ai une ou deux questions à lui poser. Après, vous m'en débarrasserez... Choisissez la méthode que vous préférez, en attendant.

Les deux gangsters sortirent sans discuter. De toute évidence, ils avaient peur de leur patron, et John ne pouvait leur donner tort. Il se demanda ce qui était le plus inquiétant : la froide cruauté de Grunfeld, ou la vulgarité et la suffisance de Garston...

Celui-ci se pencha sur Bidau toujours inconscient, et, avec un vilain sourire, le frappa violemment en plein visage. Bidau frémit et tenta d'ouvrir les yeux. Garston le frappa une seconde fois, encore plus fort. Cette fois, Bidau réussit à garder les yeux ouverts et posa sur Garston un regard d'un bleu intense.

– Espèce de crétin! tu avais bien besoin de venir

ici! D'abord, qui t'a donné mon adresse? Je veux le savoir!

Le Français regarda Garston. John aurait juré voir un sourire sur sa bouche tuméfiée. Avec un calme déconcertant, il répondit :

– Mais vous! Je l'ai lue sur votre carte.

– Ma carte! Je ne t'ai jamais donné ma carte!

– Non. Mais vous l'avez tendue à l'agent... Dans les jardins de la Tour!

Son anglais était excellent avec une très légère pointe d'accent, et sa voix mate et agréable.

– Vraiment? Comme c'est malin! Et qu'est-ce que tu espérais trouver ici? Une autre Etoile? Tu tombes mal!

– Pas du tout, répondit Bidau, toujours très calme. Je voulais seulement vous demander ce qui m'appartient, Garston. Vous savez très bien que vous m'avez payé avec de la monnaie de singe.

John comprit immédiatement ce qui s'était passé. Bidau devait toucher une commission, et Garston, aussi fourbe qu'avare, lui avait donné une enveloppe qui ne contenait que des faux billets ou des coupures de journaux. Et Bidau, qui avait pu lire l'adresse de Garston, venait simplement réclamer son dû.

Toute la sympathie du Baron lui fut aussitôt acquise, et il se promit bien de le tirer de ce mauvais pas... s'il pouvait.

Garston souriait, cynique :

– Nous sommes logés à la même enseigne. Tu n'as rien, moi non plus. Mais tu aurais mieux fait de ne pas venir rôder par ici. Je n'aime pas beaucoup les visites... la petite décharge électrique que tu as reçue a dû te le faire comprendre. Tu sais ce qui t'attend.

Toujours imperturbable, Bidau se contenta de

fixer Garston avec un regard méprisant. John admira son sang-froid.

Garston jouait machinalement avec le diamant qui ornait le petit doigt de son épaisse main droite :

– Après tout, tu ne peux plus rien pour moi. Même pas vendre une autre Etoile... Je n'avais que celle-là, et je ne sais pas où sont les autres.

Lentement, Bidau remarqua :

– Je connais l'homme qui a pris votre argent cet après-midi. Il sait peut-être quelque chose.

– Labat? Tu ne le connais certainement pas aussi bien que moi. Ne te fatigue pas. Tu ne m'apprendras rien sur lui. C'est à Paris que tu l'as connu?

– Connu... j'ai surtout entendu parler de lui, vous savez. Je ne fréquente pas beaucoup les assassins, moi! fit dédaigneusement Bidau.

– Imbécile! Eh bien moi, je les fréquente, tu t'en apercevras dans cinq minutes. Labat travaille pour Grunfeld... et moi aussi. C'est te dire que je les retrouverai au tournant, ces deux salauds-là.

– Je n'en doute pas, murmura Bidau, ironique.

– Quant à toi, je t'ai assez vu!

Il se dirigea vers la table de Boulle... et l'interphone.

Le Baron décida qu'il était grand temps de faire son entrée.

Il savait maintenant que Garston connaissait bien Grunfeld et pourrait donc fournir des renseignements utiles. D'autre part, il ne voulait pas voir Bidau froidement exécuté par les deux gangsters.

D'un geste brusque, il ouvrit la porte.

Bidau le vit le premier. Ses yeux bleu pervenche étincelèrent, mais il ne broncha pas.

Garston ouvrit la bouche, mais John ne lui laissa pas le temps de crier. Il n'était pas pour rien ceinture noire de judo. D'un atemi soigneusement dosé, il l'envoya dans les nuages... Le grand corps s'écroula lourdement. Un tapis de haute laine amortit le bruit de la chute. Mais les deux gangsters avaient peut-être entendu quelque chose? John prit son pistolet à gaz.

Tout en se penchant sur Garston et en lui déchargeant sous le nez une légère dose d'éther, il dit très haut, de la voix même de Garston, métallique, et si facilement reconnaissable :

– Je ne te conseille pas de recommencer, sale Français! Que cela te serve de leçon...

Malgré son sang-froid, Bidau ne put retenir une exclamation, tant l'imitation était parfaite.

D'un geste, John l'invita au silence. Puis il se pencha sur lui et coupa ses liens. Le Français s'étira, et sourit d'un sourire presque enfantin.

De la voix qu'affectionnait Mr Moore – rauque, hargneuse, presque vulgaire –, le Baron ordonna très bas :

– Prenez une chaise et venez à côté.

Sans un mot Bidau obéit.

John prit Garston sous le bras et, sans le moindre égard, le traîna dans la salle de bains.

– Fermez la porte. Et allumez la lumière... Enfin, nous pouvons parler...

Dans sa ceinture, il prit une fine cordelette de nylon et, en cinq secondes, Garston fut artistement saucissonné. Les yeux pervenche de Bidau riaient joyeusement dans son visage aux traits tirés.

– Restez appuyé contre la porte si vous n'êtes pas trop fatigué, dit Mr Moore. Il n'y a pas de clé! Essayez d'écouter si quelqu'un vient, et de ne pas trop entendre ce que nous allons dire, monsieur et moi!

– Bien, monsieur, répondit simplement Bidau.

John appréciait de plus en plus le jeune Français.

Il n'avait même pas perdu une seconde en remerciements inutiles.

Garston commençait à remuer. Mannering lui rafraîchit les idées avec une serviette copieusement mouillée. Dès qu'il ouvrit les yeux, Garston, voyant le masque blanc, s'exclama affolé :

– Le Baron, ici!

– Et alors! Je ne vois pas ce que cela a d'étonnant! Mais crie donc un peu moins fort, ou je vais te faire baisser la voix.

– Qu'est-ce que vous voulez? Des bijoux? Je vous jure qu'il n'y en a pas ici.

– Je le sais bien! Non, je veux seulement te parler d'un de tes bons amis... Grunfeld.

Dans le visage ovale, les yeux globuleux s'écarquillèrent :

– Grunfeld! Vous le connaissez?

– C'est moi qui pose les questions, pas toi. Quand Lew t'a-t-il téléphoné pour la dernière fois?

– Ce matin.

– Où était-il?

– A Lambeth, dit Garston, qui ne songeait même pas à mentir.

– Dans son fameux sous-sol?

– Oui.

– Comment peut-on y entrer?...

Les yeux effarés s'emplirent de terreur, et John se sentit pris d'une colère froide contre Grunfeld; Garston ne pouvait probablement pas répondre à cette question.

– Je ne sais pas, je ne connais pas l'adresse. Je n'y suis allé que deux fois, dans la voiture de Labat, et il m'a obligé à mettre des lunettes noires. Je vous jure que c'est vrai.

– Je te crois! dit lentement John.

Garston poussa un soupir de soulagement, et Bidau étouffa un rire ironique.

– Mais il a bien un autre domicile, Grunfeld?

– Oui, à Battersea. 18 Lorler Drive. Mais il couche surtout à Lambeth. Il se sert plutôt de Battersea comme d'un bureau. Je suis souvent allé y travailler avec lui.

– Au moins toi, tu n'es pas trop difficile à faire parler! Et sous quel nom connaît-on là-bas, ce cher Lew...

– Greenfield... Louis Greenfield, tout simplement!

– Quelle audace!

– Oh! pour de l'audace, soupira Garston, il n'en manque pas.

– Je ne te demande pas de faire des commentaires... Ce que je ne comprends pas, c'est qu'il se méfie de toi...

– Il se méfie de tout le monde, sauf de Labat.

– Et pourtant, tu connais son adresse à Battersea?

– Il faut bien que nous nous rencontrions quelque part. Mais il y a deux sorties à Battersea. Et par la rivière il peut être à Lambeth en moins de deux. Il a un canot automobile...

– Un vrai général en chef... Dis-moi, tu travailles à quoi, avec lui?

Garston pâlit affreusement :

– Je ne peux pas le dire!

– Pas possible! Tu paraissais pourtant plutôt bavard...

– Grunfeld me tuerait!

– Tu ferais mieux de te méfier de moi que de Grunfeld en ce moment. Je suis là, moi, pas lui. J'ai deux poings, et un revolver... Je t'assure que...

John sortit de sa poche le Colt déchargé. Garston ouvrit des yeux épouvantés. Mais à cet instant précis, à travers les deux portes fermées, on entendit des voix inquiètes qui appelaient :

– Patron! Patron!

Sur un signe de John, Bidau ouvrit rapidement la porte de la salle de bains, tandis que Mannering lançait à la cantonade, empruntant la voix caractéristique de Garston :

– Qu'est-ce que vous voulez encore, vous deux!

... pendant que ses mains, plongeant dans les poches de Garston, y prenaient son portefeuille, des clés, et quelques lettres.

Puis il passa dans la chambre voisine :

– Qu'est-ce qui se passe?

– Nous avons trouvé une échelle dehors... Il doit y avoir quelqu'un sur le toit, patron. En passant par chez vous nous pourrions le coincer!

John regarda Bidau, qui fit une grimace expressive, et d'un geste vif, s'empara d'un chandelier de bronze.

– Fichtre! murmura le Baron. Et ma réputation, Bidau...

Souriant, Bidau prit dans sa poche un foulard de soie blanche et enveloppa rapidement le chandelier...

– D'accord : un pour vous, un pour moi, fit John.

Il alla vers la porte et l'ouvrit d'un geste sec. Les deux gangsters restèrent abasourdis en voyant une formidable silhouette masquée, le Colt au poing, surgir devant eux. Sans leur laisser le temps de reprendre leurs esprits, John fit un signe de la main gauche, et Bidau, d'un geste précis et presque scientifique, frappa bien proprement à la tempe un des deux hommes. Il s'écroula sans dire « ouf », pendant que son acolyte, bouche bée, faisait connaissance avec le canon du Colt, puis avec la droite de Mannering, et s'effondrait à son tour.

– Beau travail, constata Bidau, approbateur.

– Pas mal, en effet!

Avec un soupir de regret, John ajouta :
– J'aimerais jeter un coup d'œil dans les paperasses de Garston, mais je crois que ce n'est pas très prudent...
– Il vaut mieux partir, monsieur. Ces deux malabars-là vont revenir à eux dans quelques minutes. Venez!
– Vous avez raison. Une seconde seulement.
En deux enjambées, John revint à la salle de bains, où Garston, muet de peur, roulait des yeux épouvantés :
– Tu te tais, hein! Ou bien tu auras de mes nouvelles! lança le Baron, d'une voix farouche.
Puis il revint vers Bidau. Celui-ci, penché vers le couloir obscur semblait prêter l'oreille.
– Que se passe-t-il? murmura John.
– Je ne sais pas... J'entends du bruit... mais je n'arrive pas à trouver d'où il vient.
Soudain John comprit : le bruit venait du grenier. Les deux hommes qu'ils avaient assommés n'étaient probablement pas les seuls gardiens de la villa *Minx*. Ayant trouvé l'échelle, leurs collègues se promenaient sur le toit... et allaient leur tomber sur le dos par la salle de bains.
– Venez vite! Ils arrivent par là.
Bidau ne perdit pas de temps à demander qui arrivait et par où, et suivit John dans un couloir aux murs ornés de tableaux modernes.
– On dirait que Mr Garston aime la peinture! constata le Français.
– Mr Garston aime beaucoup de choses, murmura John... C'est ce qui le perdra.
Ils s'engagèrent dans un large escalier.
– Je souhaite que vous soyez bon prophète, monsieur. Il m'a frappé, il mérite de mourir.
Les deux hommes arrivèrent dans un grand hall, et se dirigèrent vers une porte de verre dépoli.

– Il vaudrait mieux ne pas allumer, murmura John.

– Il vaudrait surtout mieux que vous enleviez votre masque, monsieur. S'il y a un agent qui se promène dans le coin, je me demande ce qu'il pensera.

John eut un petit rire. Mais soudain, derrière eux, ils entendirent des voix et des bruits de pas.

– Ça y est, ils ont trouvé Garston, ou bien nos deux assommés sont sur pied. Ils viennent.

La porte fut vite ouverte. Tout en traversant le jardin parfumé, John dénoua l'écharpe blanche. Ils sortirent par la porte dérobée qu'avait empruntée John pour entrer.

– J'ai une voiture. Je vous emmène?

– Je vous remercie, fit Bidau, très poli. Je ne voudrais pas vous encombrer.

Sans répondre John se mit à courir dans la rue déserte. Bidau l'imita. Le Baron se sentait joyeux comme un collégien en escapade.

– Si un agent nous voit, il va trouver ça louche.

– J'aime encore mieux la police que Garston, fit Bidau avec une brusque sauvagerie.

Dans Lower Richmond Road, la petite M.G. attendait. Les deux hommes s'y engouffrèrent et, cinq secondes après, John démarrait en trombe. Bidau s'était retourné et regardait par la petite custode de mica.

– Ils sont trois... Garston est avec eux... Ils n'osent pas tirer..., annonça-t-il, aussi impassible qu'un speaker d'information à la B.B.C. (Et sur le même ton détaché, il ajouta :) Je crois que j'ai oublié de vous remercier, monsieur... le Baron, n'est-ce pas? Vous êtes aussi célèbre à Paris qu'à Londres.

– Beaucoup trop célèbre. J'aurais préféré que Garston ne me reconnaisse pas.

– Oh! ce n'est pas grave, il ne dira rien. Il a bien trop peur.

– Il a peur, mais il est terriblement bavard.

Bidau jeta un coup d'œil discret sur Moore.

– Il me semble vous avoir déjà vu quelque part, monsieur. Vous n'étiez pas dans les jardins de la Tour ce matin?

– Si, répondit John en riant. Vous avez une mémoire redoutable.

– J'ai vu que vous vous intéressiez beaucoup à ce que racontait Mr Garston. Puis-je me permettre d'être franc, monsieur? Je me représentais le Baron plus jeune...

– Et séduisant, acheva John narquois.

– Ma foi, à Paris les femmes sont folles de lui. Elles se l'imaginent grand, blond et je ne sais pourquoi, avec des yeux gris.

– Quelle déception, hein, si elles me voyaient!

Ils rirent tous deux de bon cœur.

– Bidau, j'aimerais un peu bavarder avec vous. Vous avez un moment?

– Sans vous, monsieur, j'aurais même toute l'éternité, répondit le Français avec un petit sourire ironique.

XV

Ils entrèrent dans le petit appartement de 29, Fuller Mansions. Peu soucieux de montrer au Français que le Baron était maquillé, John se contenta d'allumer deux lampes aux lumières tamisées.

– De quoi voulez-vous parler, monsieur? demanda Bidau.

– De Garston, et des Etoiles de diamant. Saviez-vous, Bidau, que l'Etoile que vous avez vendue hier soir appartenait à la reine Marie-Antoinette?

Bidau eut un petit rire amusé :

– Grands dieux! Non. Si je l'avais su, j'avoue que je l'aurais regardée plus attentivement.

– Si nous examinions d'abord notre butin.

Et John jeta devant lui sur une table basse le contenu des poches de Garston. Les lettres étaient sans intérêt : des factures, des invitations à des vernissages et un petit billet parfumé, qui sommait cavalièrement Garston d'avoir à se trouver au bar du *Ritz* un certain lundi à 7 heures. John prit la petite carte bleu lavande : ce parfum lui était vaguement familier. Il la tendit à Bidau :

– Vous vous y connaissez en parfums?

A sa grande surprise, Bidau répondit.

– *Miss Dior,* monsieur.

– Fichtre, vous étiez parfumeur?

– Non, monsieur, amoureux...

John avait ouvert le portefeuille. Il contenait trente livres, et des papiers d'usage courant : permis de conduire, carte d'identité, etc... Et toute seule dans une poche discrète, une photographie, format carte postale. John la prit et poussa une exclamation étonnée : devant lui, étendue sur une plage au soleil entourée de rochers, moulée dans un minuscule deux pièces fleuri, Minx souriait, ravissante et radieuse.

John laissa glisser la photo sur la table. Bidau s'en saisit et murmura :

– C'est beaucoup trop joli pour Garston, ça. Vous la connaissez, monsieur?

– Très peu... Bidau, vous voulez vraiment faire quelque chose pour moi? Alors, passez dans la salle de bains, il y a un placard qui fait kitchenette, vous y trouverez tout ce qu'il faut pour faire du café. Vous savez faire le café au moins?

Bidau sourit sans répondre.

– J'ai à téléphoner. Naturellement, vous pouvez laisser la porte ouverte.

– Pourquoi cela? Je pense bien que vous n'allez pas appeler la police.

Et Bidau referma la porte de la salle de bains derrière lui.

Sans trop d'espoir, mais par acquit de conscience, John chercha dans l'annuaire de téléphone le numéro de Mr Louis Greenfield. L'impudence de Grunfeld était vraiment sans bornes : le nom et l'adresse s'étalaient en toutes lettres. Estomaqué, mais enchanté, John décrocha et fit le numéro. Le téléphone bourdonna un long moment. Pas de réponse. John essaya de se raisonner : Garston lui avait bien dit que Grunfeld était plus souvent à Lambeth qu'à Battersea la nuit. Il ne lui restait plus qu'à attendre le matin. Mais quelques heures de plus ou de moins pouvaient tout changer pour Flick ou Marie-Françoise. Il refit son numéro.

Cette fois, on décrocha. Une voix nette et précise demanda :

– Qui est à l'appareil?

C'était Labat.

– Aucune importance, répondit John prenant la voix de Mr Moore. Dites seulement à Mr Greenfield que j'ai à lui parler de John Mannering.

Il entendit une exclamation étonnée, puis Labat dit froidement :

– Ne quittez pas.

La voix grave de Grunfeld lui succéda. Sur un ton excédé, il demanda :

– Qu'est-ce que vous voulez, à une heure pareille?

John reprit sa propre voix, et dit moqueusement :

– On est fatigué mon pauvre Grunfeld? On a trop travaillé aujourd'hui... et du coup on a fait des bêtises. Où est Marie-Françoise?

– Mais... Je n'en sais rien, répondit lentement Grunfeld. Pas chez moi en tout cas, elle nous a échappé.

– Je ne vous crois pas.

– C'est pourtant vrai : mes hommes sont allés la cueillir à Streatham, mais cette petite vipère leur a filé entre les pattes.

– Et Leverson?

– Leverson! Vous connaissez Leverson? Un receleur!

– Vous ne savez peut-être pas que je collectionne les bijoux, non? Il y a des années que j'en achète à Leverson.

– Il est ici. Si vous avez envie de le voir, je vous invite.

– Merci bien, très peu pour moi. Grunfeld, si

dans une heure Leverson n'est pas rentré chez lui et ne me téléphone pas, j'appelle Scotland Yard et je lui donne votre adresse de Battersea.

Il y eut un petit silence, puis Grunfeld demanda :

– Qu'est-ce qui me prouve que vous ne le ferez pas de toute façon?

– Rien du tout, dit John ironique, c'est bien ce qui est amusant dans ce petit jeu-là.

Et il raccrocha.

Bidau arrivait portant sur un plateau une tasse, une cafetière, du sucre.

– Vous n'aimez pas le café? Je ne vois qu'une seule tasse.

Avec son curieux sourire enfantin, Bidau alla chercher une seconde tasse, puis servit Mannering.

– Il y a longtemps que je n'avais pas bu un café convenable.

Amusé, Bidau expliqua :

– Je sors d'une école hôtelière, monsieur, et j'ai passé cinq ans à Cannes comme maître d'hôtel.

– Et pourquoi avez-vous changé de métier?

Froidement, sans passion, comme s'il parlait d'un de ses amis, Bidau raconta sa vie à John :

– Une femme, monsieur, toutes les bêtises que j'ai pu faire dans ma vie, c'est toujours à cause d'une femme. Je me suis battu pour elle, et il m'en est resté ceci. (D'un geste vif il effleura sa cicatrice.) Les clients n'aiment pas beaucoup le genre balafré. J'ai abandonné l'habit et le nœud noir. Comme j'ai toujours été très habile de mes doigts, j'ai préféré choisir un métier où je puisse m'en servir et surtout un métier qui rapporte. Je dois dire que j'étais bon cambrioleur, mais un jour j'ai fait une gaffe et la Sûreté a découvert mon existence. Je suis venu en Angleterre mais j'ai eu du mal à travailler ici, il y avait trop de concurrence, et j'ai fini par me trouver sur le carreau. Un collègue anglais m'a mis en rapport avec Garston. Je l'ai rencontré avant-hier soir à 5 heures devant la Tour. Il m'a donné l'Etoile en me chargeant de l'apporter à Leverson... Malheureusement, je ne sais rien de plus. Cet après-midi, quand j'ai vu que l'enveloppe de Garston contenait des billets de la Sainte-Farce, j'ai décidé d'aller reprendre à Garston ce qu'il ne voulait pas me donner. Vous savez la suite. Encore une tasse de café, monsieur?

– Non merci. Bidau, est-ce que vous voulez continuer à m'aider?

– Je ne demande que cela.

– Alors, restez en contact avec moi. Essayez de remettre la main sur votre collègue anglais, et d'apprendre d'où Garston a bien pu tirer cette Etoile. Si vous voulez dormir ici, restez-y. C'est le 29, Fuller Mansions. Vous n'aurez qu'à venir m'y glisser un mot si vous avez quoi que ce soit à me dire. Moi je repars. Et si vous avez besoin d'argent, servez-vous.

Il montra le portefeuille qui gisait sur la table. Bidau protesta :

– Il faut partager, monsieur. Je vous en prie...

John rit doucement :

– Mon cher Bidau, vous me plaisez, et je vais vous avouer quelque chose. L'argent que vous apportiez à Garston n'est pas entre les mains de Labat. C'est moi qui l'ai.

Les yeux pervenche se plissèrent, soupçonneux, puis se mirent à pétiller :

– Ma foi, monsieur, n'hésitez jamais à me demander quoi que ce soit. Je serai fier de travailler pour un homme comme vous.

Un quart d'heure plus tard, John arriva Clardges Street, et commença par prendre un bain très chaud. Puis il alla s'étendre sur son lit. Que faisait Leverson? Et où était Marie-Françoise? Et surtout, Garston saurait-il se taire et ne pas parler du Baron?

Devant ses yeux tournait un carrousel : Labat et ses yeux noirs, Leverson et son bon sourire, la bouche ironique de Bidau, les boucles blondes de Marie-Françoise, Minx et son étrange visage. Et soudain il ne pensa plus qu'à Lorna. Il aurait tout donné pour l'avoir près de lui, maintenant, avec ses yeux moqueurs et sa voix tendre. Il fallait absolument que leur situation change... Il fallait...

Le téléphone sonna. La voix de Flick était très vieille et très lasse :

– John, je ne pourrai jamais assez vous remercier...

– Je vous en supplie, c'est Bidau qu'il faudra remercier.

– Bidau!

– Oui, je vous raconterai. Flick... Vous n'êtes pas trop...

John hésita, et finit par murmurer : « fatigué », en sachant très bien que le mot était ridicule.

– Je vais me reposer pendant quelques jours. La soirée a été... horrible. John, il faut que vous cessiez de vous occuper de tout cela. Ces gens-là ne sont pas normaux.

– Je ne le sais que trop, mais il faut que je termine ce que j'ai commencé. Les avez-vous entendus parler d'une jeune fille nommée Marie-Françoise?

– Oui, ils l'ont enlevée, je crois. Mais elle leur a échappé.

– Tant mieux pour elle!

– Bonsoir, John, et soyez prudent! Je ne cesserai pas de penser à vous.

John raccrocha, éteignit la lumière et ferma enfin les yeux.

Une minute après il dormait profondément.

Le lendemain, vers midi, à Lambeth, Grunfeld entrait dans la chambre où il avait retenu Minx prisonnière.

Celle-ci n'était plus que l'ombre d'elle-même. Ecroulée sur le lit, les cheveux emmêlés et ternes, les yeux morts, le teint blême, elle ne s'était ni maquillée ni lavée et on voyait nettement sur sa joue la cicatrice qu'un tic hideux relevait sans arrêt.

Machinalement, mais sans le moindre espoir, elle murmura :

– Donne-moi une dose, Lew, une seule dose.

– Viens t'habiller... Tu l'auras, ta dose. Tu auras même tout ce que tu veux.

Elle se précipita et faillit tomber. Grunfeld l'empoigna sous le bras et ils remontèrent à l'étage supérieur. Puis Lew prit dans sa poche un petit papier blanc plié en quatre et le tendit à Minx qui disparut dans sa chambre.

– Viens me rejoindre dans mon bureau, après.

Dix minutes plus tard, c'était une autre femme qui entrait chez Grunfeld.

Maquillée, recoiffée, elle avait passé une robe de jersey gris très sobre et paraissait parfaitement à son aise. Seules ses narines trop creusées la trahissaient.

Assis devant un petit secrétaire, Grunfeld rangeait des papiers. Labat, enfoui dans un fauteuil, se polissait les ongles. Il jeta à la jeune femme un coup d'œil admiratif :

– Vous récupérez drôlement vite, vous!

Minx eut un sourire étincelant. Grunfeld, hargneux, jeta :

– Je ne t'ai pas appelée pour faire du charme. Tiens, voilà pour toi! (Il prit dans le secrétaire un petit paquet, plat et mince, enveloppé de papier brun.) Tu en as pour un moment avec ça!

Minx saisit avidement le petit paquet. Grunfeld se leva et alla s'installer sur un divan :

– Viens t'asseoir à côté de moi, ma beauté... Il y a un moment que nous n'avons pas bavardé tranquillement...

Minx obéit docilement et Grunfeld posa sa grosse main sur le genou de la jeune femme qui réprima un tressaillement mais ne dit rien.

Du fond de son fauteuil, Labat demanda :

– Vous ne préférez pas que je sorte?

– Imbécile! répondit aimablement Grunfeld. Minx, j'ai besoin de toi. Tu ne le sais pas, mais, grâce à ta sottise, Mannering a réussi à s'échapper. Oui : il est sorti par le tunnel malgré la marée haute. Je n'ai pas encore compris comment il s'y est pris! C'est un diable d'homme... je t'avoue que j'aurais préféré travailler avec lui que contre lui. Mais ceci, c'est du passé. Cette nuit, il m'a téléphoné.

– Téléphoné?

– Oui. Oh! pas ici, rassure-toi! A Battersea.

Minx ouvrait de grands yeux ahuris.

– Or, il n'y a que toi – mais tu as un excellent alibi, rassure-toi! – , Labat, Haramboure et Garston qui connaissez notre domicile de Battersea. J'élimine évidemment Labat...

– Très honoré! grogna le Français.

– ... et Haramboure, qui n'a eu aucun contact avec Mannering. Reste donc Garston. Ne me demande pas comment Mannering a pu découvrir l'existence et l'adresse de Garston, je n'en sais fichtre rien!

– Il l'a peut-être fait suivre, hier, par le vieux bonhomme qui m'a arraché l'argent des mains..., remarqua Labat.

– C'est vrai, je n'y avais pas pensé!

– Mais Garston n'a pas pu parler, Lew, il a bien trop peur de toi!

– Et il n'a pas tort... (Grunfeld ricana méchamment.) Premier travail pour toi, Minx : savoir ce qui s'est passé avec Mathew.

– Oh! rien de plus facile : il ne me cache pas grand-chose.

– Je le sais bien... Quand je pense que ce crétin-là est allé te raconter qu'il avait acheté une des Etoiles et la revendait à Leverson. Il s'imagine que tu l'aimes, ce gros prétentieux. Les hommes sont vraiment idiots...

– N'est-ce pas? murmura Labat en jetant un coup d'œil ironique sur la masse imposante de son chef.

– Entendu, Lew : j'irai chez Garston cet après-midi.

– Mais pas trop tard. Après, je veux que tu ailles chez Mannering.

– Chez Mannering?

– Oui... (Les yeux bleu pâle se firent plus cruels encore.) J'espère que tu sauras te tenir : tu lui as fait les yeux doux une fois, c'est amplement suffisant. Tu n'as pas envie de retourner dans la chambre n° 3, non?

– Mais il va se méfier, en voyant arriver Minx, objecta Labat.

La jeune femme eut un sourire ambigu :

– Je ne crois pas. Je lui ai demandé de se joindre à nous, l'autre soir... je sais ce que je lui dirai. Il s'imagine que je n'ai qu'une envie : te quitter, Lew, et m'a déjà proposé de m'aider.

– Parfait. Je veux que tu lui dises ceci : que les

Etoiles sont à Battersea... Et que le soir, il n'y a jamais personne... Une fois entré là-bas, son affaire est faite!

– Il se méfiera, répéta Labat.

– Mais non, tu oublies qu'il a un culot monstre!

– Et s'il vient avec son complice?

– Quel complice?

– Le vieux bonhomme dont je vous ai parlé...

– Le type qui t'a si bien possédé, hein... Tu es bien sûr que ce n'était pas Mannering, au moins?

– Vous plaisantez, patron... Il avait au moins soixante ans, et des dents horribles...

– Alors ce n'était pas Mannering, commença Minx, étourdiment. Il a un sourire irrésis...

Un coup d'œil glacial de Grunfeld la fit taire.

– Eh bien, tant pis pour le vieux bonhomme! Tu as bien compris, Minx?

– Cela ira tout seul. Si c'était toujours aussi facile de gagner sa vie...

– Votre vie, fit Labat, dégoûté. Vous avez du toupet, Minx! c'est la came que vous appelez comme ça?

– Labat, je t'ai déjà prévenu que je ne veux pas de discussions à ce sujet. Chacun est libre de faire ce qu'il veut, non!

Le Français regarda froidement son chef :

– A condition de ne pas perdre la tête, oui, et de ne pas risquer la peau des autres avec la sienne.

Minx se leva :

– Je vais me préparer.

– Bonne idée! Je serai à Battersea tout l'après-midi. Tu m'y trouveras si besoin est. Labat et Haramboure ont du travail là-bas. Ils vont préparer une réception des plus... chaleureuses à notre ami Mannering!

Minx connaissait trop bien Grunfeld pour demander de quel genre de travail et de réception il s'agissait!

– Minx, dit doucement Labat, essayez donc de manger un peu... Vous ne pouvez pas vous nourrir uniquement avec cette saleté de came. J'en ai vu, de belles filles comme vous, devenir de vrais squelettes ambulants.

– Tu recommences! aboya Grunfeld.

Minx sortit avec un petit sourire narquois.

– Tu te crois malin! grogna Grunfeld. Je tiens à cette fille. Avec la drogue, je suis certain qu'elle ne me quittera pas... Elle nous est utile...

– ... Et elle vous plaît, acheva paisiblement Labat.

– En tout cas, on peut compter sur elle. Ce n'est pas comme le bon à rien que tu as trouvé pour descendre Mannering. Je ne sais pas s'il a tiré, ni sur qui... mais notre homme avait l'air frais comme un gardon, cette nuit au téléphone. Cette fois, nous l'aurons. Je ne veux pas courir le risque de voir arriver la police à Battersea, et je ne veux pas non plus déménager : notre installation nous a coûté trop cher.

– Je me demande si Mannering travaille vraiment avec la police, moi... remarqua Labat, rêveur. Cela m'étonnerait beaucoup qu'il aille raconter l'histoire de la Tour à ses soi-disant amis du Yard. Et puis, il connaît Leverson, un receleur.

– Il commence à m'agacer sérieusement, tiens!

– Il faut reconnaître qu'il travaille vite. Aussi vite que nous. C'est même pour cela que nous tombons régulièrement sur lui. Mais il ne ressemble pas au type de détective amateur snobinard qu'on trouve dans tous vos romans policiers anglais. Il y a chez lui quelque chose qui m'échappe.

– Tu te fais des idées! Je suis bien renseigné sur lui. C'est un fils de famille qui a perdu toute la fortune paternelle sur les champs de course pour la regagner ensuite de la même façon. Il n'a jamais rien fait de ses dix doigts si ce n'est gagner des championnats de tennis ou des coupes de golf. A propos, fais-moi donc surveiller miss Fauntley. Si Mannering nous échappait, nous pourrions toujours mettre la main sur elle.

– Entendu. Avec tout ça, vous n'oubliez pas les Etoiles au moins.

– Non.

– Nous ne savons toujours pas d'où Garston tenait la sienne.

– Non. Minx n'a pas pu le lui faire dire. Bah! Si c'est Garston qui a donné notre adresse à Battersea, il sera liquidé en moins de deux. Mais auparavant, je l'aurai fait parler, et je t'assure qu'il me dira d'où il tient son Etoile.

– Et la petite de La Roche-Cassel! Je suis certain que son père n'avait pas de secret pour elle, vous devriez l'interroger. Je vous la retrouverai quand vous voudrez. D'abord, il faut nous occuper de Garston et surtout de Mannering.

– Ce qui m'a toujours plu chez toi, c'est ta méthode. Tu sais ce que tu as à faire à Battersea?

– Oui, je mettrai mille volts environ. Ça suffira, il ne restera pas grand-chose de Mr Mannering, je vous l'assure.

Les yeux de Grunfeld brillèrent d'un éclat sauvage.

– Je veux qu'il n'en reste rien! Absolument rien!

Il se mit à rire, d'un vilain rire énervé. Labat lui jeta un coup d'œil et, se levant, se dirigea vers la porte : il avait horreur de voir son patron s'administrer sa dose de neige.

XVI

A la même heure environ, John téléphonait à Lorna.

– Chérie, j'ai de bonnes nouvelles à vous apprendre.

– Vous auriez pu me les apprendre plus tôt, gronda Lorna.

– J'ai été vraiment occupé, mon amour.

– Blonde, brune ou rousse?

– Pas du tout. Ce fut une réunion strictement masculine. Tout s'est bien passé. J'avance à pas lents, mais sûrs... Et surtout j'ai trouvé un acolyte garde du corps qui me plaît beaucoup. D'abord, il fait très bien le café.

– Quoi?

– Le café... Vous savez bien, ce breuvage marron, qui peut être excellent ou exécrable, suivant la nationalité de celui qui le prépare.

– Ce qui signifie que votre homme n'est pas anglais?

– Exactement, c'est un Français. Maître d'hôtel et cambrioleur.

Lorna ne put s'empêcher de rire.

– Exactement ce qu'il vous faut!

– Lorna, vous souvenez-vous de la visite de Mlle de La Roche-Cassel?

– Si je m'en souviens! soupira Lorna.

– Vous connaissez un parfum qui s'appelle *Miss Dior*?

– Bien sûr, répondit Lorna qui s'habillait à Paris.

– Est-ce que Marie-Françoise se parfume à *Miss Dior*?

– Vous avez un cadeau à lui faire? demanda Lorna agressive.

– Idiote, répondez-moi plutôt.

– Non, elle ne se parfume pas à *Miss Dior*, mon cher, elle a un parfum très léger, charmant et même un peu démodé : *Après l'ondée*. Pourquoi me demandez-vous cela?

– Je vous raconterai tout en détail. Mais j'ai trouvé dans le portefeuille d'un certain monsieur un petit billet parfumé et je voulais savoir si par hasard il ne provenait pas de Marie-Françoise.

– Parce que vous avez reconnu *Miss Dior*?

– Non, pas moi : mon maître d'hôtel-cambrioleur.

Lorna éclata à nouveau de rire.

– Maintenant aux choses sérieuses, Lorna. Sous aucun prétexte je ne veux que vous mettiez les pieds en ville. Je suis sûr que Grunfeld essaiera de mettre la main sur vous s'il vous sait à Londres.

Après un bon bain, John se prépara un plantureux petit déjeuner et alla prendre les journaux devant sa porte. On ne parlait ni de Foulkes ni des Etoiles, et encore moins du cambriolage chez Garston. John poussa un soupir de soulagement : le Yard ne savait pas que le Baron était rentré dans la danse.

Un coup de téléphone à Bristow lui apprit que Foulkes allait bien, et qu'on n'avait aucune trace de Marie-Françoise.

– Par contre, Paris nous a transmis le dossier de Labat. Il est recherché pour...

– Trois meurtres. Je vous avais bien dit qu'il était dangereux, Bill. Mais, croyez-moi, Grunfeld est encore pire.

– Je n'ai toujours rien pu trouver sur lui.

– C'est tout?

– C'est tout. J'oubliais : le super est au lit avec une belle crise de foie, ce qui fait que je suis tout seul avec cette histoire sur les bras.

– Pauvre Bill! fit John hypocrite, car la crise de foie du super faisait parfaitement son affaire : moins il aurait de policiers dans les pattes, mieux il pourrait travailler.

A peine avait-il raccroché que la sonnerie retentit à nouveau. A sa grande surprise John reconnut la voix nasillarde de Clayton :

– Mr Mannering, il faut que je vous voie. J'ai retrouvé Marie-Françoise.

– Et alors? fit John, très froid, mais en réalité enchanté.

– Je voudrais que vous veniez lui parler. Vous lui ferez peut-être entendre raison, moi j'y renonce. Je peux vous y conduire : elle est dans une petite auberge du Surrey.

– Vous en êtes sûr?

– Certain : je viens de lui téléphoner.

– Bon : rendez-vous devant chez moi à 1 heure.

Il raccrocha et aussitôt fit le numéro de Leverson. Janet lui répondit :

– Mr Mannering...

– Comment va Flick?

– Mieux, monsieur, comment pourrai-je jamais vous remercier...

– Vous le pouvez, Janet, et tout de suite même. Vos jumeaux, savez-vous où les joindre rapidement?

– Bien sûr.

– Bon, alors qu'ils viennent devant chez moi, Clardges Street, à 1 heure. Une Austin-Healey bleue s'arrêtera devant la porte, et je monterai. Qu'ils nous suivent.

Tout se passa fort bien. A 1 heure pile, Clayton s'arrêtait devant l'immeuble de John qui l'attendait sur le trottoir. Quelques mètres plus loin, dans une Sunbeam grise, deux hommes bavardaient tranquillement. Tous deux blonds, jeunes et identiques, c'étaient sans aucun doute les jumeaux annoncés. John leur fit un petit clin d'œil discret et monta à côté de Clayton.

Pour comble de bonheur, un rayon de soleil vint frapper le rétroviseur de l'Austin-Healey décapotée, et Clayton releva la petite glace d'un geste agacé. Mannering, lui, pouvait se détourner tout à loisir pour surveiller la Sunbeam, qui suivait fidèlement, de loin. Ils traversèrent Londres.

– Qu'attendez-vous de moi, au juste, Clayton? Que je vous fasse rendre votre argent?

– Je me fiche pas mal de mon argent. C'est Marie-Françoise qui m'inquiète. Elle ne veut pas rentrer en France et elle ne veut pas me dire pourquoi. Elle va, ou bien se faire enlever à nouveau par ces gangsters ou bien se faire coincer par la police. Si Scotland Yard apprend qu'elle était au courant du vol des Etoiles, elle passera un mauvais moment.

– Oui, admit John; après tout, Clayton, il n'y a que Marie-Françoise, vous et moi qui connaissions toute l'histoire. Ce n'est pas moi qui parlerai. Ni vous non plus, je suppose.

Ils sortaient de Londres. Le soleil tapait sur la tignasse blonde en désordre de Clayton.

– Comment avez-vous retrouvé Marie-Françoise, Clayton?

– J'arrivais à la pension de famille au moment où ces brutes l'ont enlevée.

– Combien étaient-ils?

– Je ne sais pas... Deux ou trois.

– Grands et blonds n'est-ce pas?

– Non, petits et bruns. J'ai suivi la voiture, une Jaguar noire. Ils se sont arrêtés pour faire de l'essence et Marie-Françoise a réussi à s'échapper, je l'ai cueillie, et nous sommes partis au hasard, pour aboutir dans le Surrey.

– Vous avez eu de la chance d'arriver au moment précis où elle se faisait kidnapper, remarqua John.

Clayton lui jeta un regard de biais, mais Mannering paraissait très sérieux.

– Je me demande ce que cette petite ferait sans vous, Clayton.

– Oh! c'est bien naturel. Je suis prêt à tout pour elle.

John alluma une Benson et se mit à fumer en silence. « Bien naturel, peut-être, mon garçon, elle est assez jolie fille pour que tu t'occupes d'elle! Mais il y a un petit détail qui ne colle pas dans ton histoire : tu ne me feras jamais croire que tu as pu suivre la voiture de Labat pendant une demi-heure sans qu'il s'en aperçoive. Si toi, tu es assez nigaud pour relever ton rétroviseur, Labat, lui, est incapable d'une pareille imprudence. Et une Austin-Healey bleue qui vous colle aux roues pendant une demi-heure, ça se remarque! » Tout haut, il demanda :

– Et en quoi puis-je vous être utile exactement?

– Persuadez Marie-Françoise de vous raconter tout ce qu'elle sait. Et ensuite, d'aller se confier à la police. Certainement, il y a quelqu'un qui s'imagine qu'elle pourrait le renseigner sur ces sacrées Etoiles. Il l'a déjà enlevée, il recommencera, elle est en danger!

Le pied du jeune homme écrasa l'accélérateur, et la voiture bondit en avant.

– Si vous conduisez comme cela, elle ne sera pas seule en danger! dit Mannering.

Deux heures plus tard, ils arrivaient dans un village du Surrey. Clayton stoppa net devant une charmante auberge aux fenêtres fleuries de géraniums. Ils descendirent. John, qui prenait son temps, entra dans l'auberge au moment où la Sunbeam grise arrivait dans la rue. Rassuré, il suivit Clayton : il savait que les jumeaux s'arrêteraient quelques mètres plus loin.

Clayton s'était précipité dans un escalier qui sentait bon la cire fraîche. Sans frapper, il ouvrit toute grande une porte.

Mannering entendit un « Oh! » indigné et un petit escarpin rouge vint frapper le bois de la porte à deux doigts de la tête de Clayton.

– Si vous vous imaginez que vous pouvez entrer chez moi sans frapper sous prétexte que vous êtes mon fiancé! cria Marie-Françoise.

John jeta un coup d'œil discret et vit la jeune fille en soutien-gorge blanc et en jupon à grands volants brodés, debout sur la pointe de ses petits pieds nus, le bras encore levé. Très sérieux, il remarqua :

– Marie-Françoise a raison, Clayton. Vous êtes bien mal élevé. Vous me faites honte. Cela dit, ma chère petite, je préfère entrer chez vous avant que vous ne vous barricadiez, et je ne vous quitterai pas avant que vous n'ayez répondu à mes questions, sans colère et sans caprices.

Il fit entrer Clayton et referma la porte.

– Et vous, Clayton, asseyez-vous et taisez-vous.

Quand vous serez marié, vous aurez peut-être la parole, rien de moins certain d'ailleurs. Pour l'instant, c'est moi qui la prends.

Marie-Françoise, rose de colère, saisit sur une chaise une robe à pois bleus et blancs et l'enfila rapidement.

– Tout d'abord il faudrait vous mettre dans la tête que je ne suis pour rien dans la mort de votre père. Il est venu me vendre des bijoux volés, un point c'est tout.

La tête de Marie-Françoise émergea, furibonde, de l'encolure de sa robe.

– Ses Etoiles n'ont pas été volées!

– Vous n'allez pas récrire toute l'histoire de France, non! Et ne me racontez pas que vous n'êtes pas au courant de ce vol. Or, je ne vous dénie pas un certain courage, mais je connais Scotland Yard. S'ils se mettent en tête de vous faire parler, ils y arriveront. Pas par la manière forte, ce n'est pas leur genre, mais ils ne vous enverront pas moins en prison le plus gentiment du monde. A moins qu'ils ne préviennent la police française. Vous feriez beaucoup mieux de me raconter ce que vous savez.

Il se baissa et tendit à la jeune fille son petit escarpin rouge. Puis il s'assit à côté de Clayton et prit une cigarette.

– La fumée ne vous dérange pas?

– C'est vous qui me dérangez.

– Croyez bien que je suis navré! Mais voilà ce que je vous propose : vous me dites la vérité et je vous donne ma parole que la police ne saura que ce que vous me permettrez de lui dire. A condition que vous leur révéliez votre cachette : ils vous cherchent partout, c'est ridicule.

Marie-Françoise se taisait toujours. John hocha la tête et lui sourit, amical et désolé.

– Vous ne voulez vraiment pas avoir confiance en moi?

Pour la première fois, le visage de Marie-Françoise s'éclaira :

– Je voudrais bien, murmura-t-elle. Je suis tellement fatiguée...

Et brusquement, elle se mit à sangloter, discrètement, en jeune fille bien élevée, mais avec un tel désespoir que John se sentit ému. Clayton s'élançait déjà, Mannering l'arrêta sèchement :

– Laissez-la tranquille, elle a besoin de pleurer.

Et pendant quelques minutes on n'entendit dans la petite chambre ensoleillée que les sanglots de Marie-Françoise. Les deux hommes fumaient en silence. Enfin elle releva la tête, et dit :

– Excusez-moi, Mr Mannering.

– De qui avez-vous tellement peur, mon petit?

Elle ouvrit de grands yeux effrayés :

– Ces deux hommes... qui me suivaient l'autre jour... Ce sont eux qui m'ont enlevée hier...

– Alors, pourquoi n'allez-vous pas trouver la police? Elle vous protégerait.

– Parce que vous avez raison : ils me feront avouer la vérité et ils sauront que Richard et moi avions vu les Etoiles avant leur disparition. Je ne veux pas que Richard aille en prison. Ni moi...

Pour la première fois, elle avait l'air tout à fait sincère.

– Vous saviez que votre père ne m'apportait que des imitations?

– C'est faux! C'étaient les vraies Etoiles, il nous les avait montrées avant le déjeuner, n'est-ce pas, Dicky?

– Savez-vous s'il avait trouvé d'autres acheteurs?

– Oh oui! trois.

– Trois. (John se pencha, intéressé.) Et vous savez leurs noms?

– Oui : Gallifet, de Paris. Didcotte, de New York...

John réfléchit rapidement : ni Gallifet, receleur de la classe de Leverson, et homme honnête, ni Didcotte, richissime collectionneur américain, ne pouvaient avoir volé les Etoiles...

– Et le troisième?

– Le troisième habite Londres, mais mon père le trouvait trop antipathique et il l'a envoyé promener. Il s'appelait Garston.

Mannering ne s'attendait vraiment pas à celle-là.

– Pourquoi prenez-vous cet air ahuri? demanda Marie-Françoise. C'est agaçant à la fin : tous les hommes que je vois en ce moment ont l'air ahuri.

– Ce doit être la façon dont vous les regardez, sourit John. Alors votre père connaissait Garston... Vous êtes certaine qu'il ne lui a pas vendu les Etoiles?

– Certaine : après avoir vu ce monsieur, il m'a déclaré qu'il ne voulait pas que les diamants de Marie-Antoinette tombent entre les mains d'un parvenu comme lui, et qu'il préférait vous les vendre à vous, même moins cher...

– Je comprends, fit John, qui en réalité comprenait de moins en moins.

Il avait vaguement espéré que le voleur des Etoiles serait un acheteur dédaigné par La Roche-Cassel... Or, Garston lui-même avait dit hier soir à Bidau qu'il n'avait jamais eu qu'une seule Etoile. Cette fois, il n'y avait vraiment plus qu'une seule hypothèse : quelqu'un, dans l'entourage de Grunfeld, le trahissait et avait profité de l'assassinat de La Roche-Cassel pour le doubler, quitte à charger ensuite Garston de vendre une Etoile. Pourtant, les hommes de Grunfeld au courant des projets de leur patron ne devaient pas être bien nombreux. Minx, bien sûr, et Labat. Haramboure peut-être...

Marie-Françoise, assise devant une coiffeuse, réparait les dommages causés par ses larmes. D'un coup de peigne, elle remit de l'ordre dans ses boucles blondes. Clayton, debout à côté de la coiffeuse, lui souriait d'un air niais, tout en jouant distraitement avec la poignée de son grand sac rouge. Impatientée, la jeune fille lui tapa sur les doigts d'un coup de peigne catégorique :

– Ce que vous pouvez m'énerver, vous!

John intervint :

– Reste à savoir ce que nous allons faire de vous maintenant, Marie-Françoise. Le plus sage serait d'aller trouver la police ensemble... Mais la sagesse et vous...

– Je n'irai pas à la police. Je ne veux pas que l'on sache ce que mon père a fait, acheva-t-elle en rougissant avec une sincérité évidente.

– De toute façon, vous ne pouvez pas rester ici.

– Pourquoi?

– Parce que je m'y refuse, voilà tout.

Marie-Françoise jeta un regard noir à John, mais se tut, matée.

– Je vais vous envoyer tenir compagnie à une jeune femme charmante. Je parie que vous jouez bien au tennis.

– Très bien, oui, dit Marie-Françoise sans fausse modestie.

– Eh bien, vous allez partir chez miss Fauntley. Vous l'avez aperçue l'autre jour...

– La jeune femme en blanc? Elle me plaît beaucoup. Pour une Anglaise, elle s'habille bien. C'était un modèle de Balenciaga, sa robe, n'est-ce pas?

– Ça, ma chère, vous le lui demanderez vous-même.

– Mais elle est à Londres! Je ne veux pas y retourner.

– Elle n'est pas à Londres, espèce de soupe au lait! Je l'ai envoyée au vert, elle aussi. Elle est dans le château de ses parents, une charmante bâtisse de quelque trente pièces... Vous ne dérangerez personne, et vous pourrez parler chiffons avec Lorna. Elle ne veut pas en convenir, mais elle s'y intéresse passionnément.

– Je vais la conduire, dit Clayton.

– Pas du tout, vous allez me raccompagner à Londres, vous. Elle va y aller avec deux charmants garçons qui l'attendent en bas.

– Quoi? (Rouge et ahuri, Clayton ressemblait plus que jamais à un jeune coq furieux.) Qui l'attendent en bas? Je ne comprends pas!

– Cela n'a aucune importance, dit tranquillement John. Vous êtes prête?

– Mais je n'ai pas de bagages!

– Lorna vous prêtera tout ce qu'il faut.

Clayton avait enfin compris :

– Vous voulez dire que nous étions suivis par deux types que vous connaissez...

– On ne peut rien vous cacher.

– Ça alors!

– Ça vous apprendra à relever votre rétroviseur.

Pendant ce temps, Garston, agréablement surpris, voyait arriver chez lui une Minx rayonnante sous son grand chapeau fleuri.

– Tu as un whisky pour moi, chéri? demanda-t-elle en ôtant ses longs gants bleus assortis au shantung de sa robe.

– Tant que tu voudras!

– Mais pas trop tassé comme les tiens. Cela finira

par te faire mal, tout cet alcool! fit-elle avec une superbe inconscience et Garston éclata de rire.

Ils s'installèrent tous deux confortablement.

– Tout va bien à Lambeth?

– Bien sûr. (Garston dissimula mal son soulagement, mais Minx parut ne rien remarquer.) Lew se porte comme un charme...

– Tu n'as pas eu d'ennuis avec lui... à mon sujet?

– Penses-tu! Il croit que nous sommes de bons amis, un point c'est tout. (Elle eut un petit rire dédaigneux.) Comme il le dit si bien lui-même, les hommes sont idiots.

– Il est pourtant diablement bien renseigné. Il a tout de suite su que j'avais acheté une Etoile.

– Par exemple!

Minx était une merveilleuse comédienne, et Garston, peu perspicace et très amoureux, se laissa prendre à son étonnement.

– Comment s'est-il débrouillé? Mais aussi, tu es trop bavard, Mathew. Tu devrais faire attention. Et puis je te trouve mauvaise mine, et l'air soucieux. Il t'est arrivé quelque chose?

– Une petite aventure, oui... Cette nuit, j'ai eu une visite. Tu ne devineras jamais qui!

– Une femme, je parie, fit Minx avec une ravissante petite moue.

– Tu n'y es pas du tout : le Baron!

– Quel Baron?

– Le cambrioleur, tiens! Quand on parle du « Baron » à Londres, je t'assure qu'il est inutile de préciser... Evidemment, je n'ai pas voulu livrer ce pauvre type à la police... je lui ai rendu sa liberté.

Cette fois, Minx n'avait aucun mal à feindre le plus grand étonnement. Elle connaissait bien son Garston : le genre « grand et généreux » n'était pas du tout son fort; d'autre part, vaniteux comme un paon, il aurait été bien trop fier de capturer un gibier aussi fameux s'il avait pu le faire. Le Baron s'était donc échappé tout seul. Et c'est lui qui avait obligé Garston à livrer l'adresse de Battersea.

– Mais c'est passionnant, chéri! Raconte-moi tout cela...

Elle leva vers lui de grands yeux pleins d'admiration, et Garston, heureux et flatté, se mit à parler...

– Alors ce salaud de Garston a donné notre adresse au Baron, fit Grunfeld, rêveur... Et une heure après, Mannering me téléphonait. C'est vraiment curieux!

Pour une fois, Labat oublia son impassibilité habituelle :

– Ce n'est pas curieux du tout. Votre mystérieux Baron, c'est Mannering, voilà tout!

– Tu débloques! C'est absurde!

– Pourquoi? Cela expliquerait bien des choses : Leverson, par exemple. Je vous avais dit que quelque chose me gênait chez Mannering, patron! Laissez-moi aller fouiller chez lui, je trouverai bien une preuve quelconque, et vous verrez que je ne me trompe pas.

– Ce n'est pas une mauvaise idée, dit Grunfeld qui jouait machinalement avec les doigts de Minx, assise à côté de lui.

– Mais c'est insensé! protesta la jeune femme. Mannering est reçu dans la meilleure société, il vit plus ou moins avec la fille d'un ministre...

– Cela prouve seulement qu'il est très fort, dit Labat.

– Tu fais bien de me rappeler cela, Minx... Labat, tu feras suivre miss Fauntley. Si nous avons la preuve que le Baron n'est autre que Mannering, nous pourrons faire chanter cette poupée autant qu'il nous plaira. Son père est fabuleusement riche!

– Mais puisque dans vingt-quatre heures il n'existera plus, votre Mannering!

– On voit bien que tu ne connais pas les femmes : elle voudra défendre sa mémoire... Minx, tu vas partir avec Labat. Il te laissera chez Mannering et restera dans les parages. Arrange-toi pour savoir si et quand Mannering doit sortir... ou mieux, emmène-le avec toi quand tu partiras. Je ne bouge pas d'ici, venez m'y retrouver. J'oubliais : Mathew ne se méfie pas?

– Oh! pas du tout. Je lui ai dit que tu le ferais conduire à Lambeth dans la soirée pour lui montrer un nouveau stock.

– Tu sais que tu ne le reverras plus!

Sans répondre, Minx haussa les épaules.

– Il ne sera pas content, remarqua Labat.

– Tu ne m'as pas compris... Plus personne ne le reverra! Il y a longtemps qu'il m'énerve, celui-là. Il touche beaucoup trop d'argent pour le peu de mal qu'il se donne. Si par-dessus le marché il se met à nous doubler! Cela ne t'ennuie pas trop, ma jolie?...

– Qu'est-ce que tu veux que cela me fasse? dit Minx, sincère. Il était vraiment trop bête... ce n'était même pas amusant de le faire marcher.

– Avec Mannering, ce ne sera probablement pas aussi facile, remarqua Labat. Allons, venez, Minx...

Cinq minutes plus tard, Labat, Minx et Haramboure sortaient du numéro 18, Lorler Drive. La rue était déserte. Seul un vieux clochard ramassait des mégots en marmonnant entre ses dents. Le trio monta dans une Jaguar noire et démarra rapidement. Le vieux loqueteux suivit la voiture du regard : sous son feutre crasseux, ses yeux étaient extraordinairement bleus, et une cicatrice traversait sa joue droite.

Après avoir quitté Clayton, John était rentré Clardges Street. Vers 6 heures, un coup de téléphone de Lorna lui apprit que Marie-Françoise était bien arrivée chez les Fauntley.

– Maman la trouve charmante, et moi aussi d'ailleurs. Pauvre gosse!

– Lorna, mettez-la en confiance et essayez de la faire parler. Je suis bien certain qu'elle ne m'a pas tout dit. Comment trouvez-vous les jumeaux?

– Sur mesure! Ils sont à la cuisine, font des tours de cartes aux femmes de chambre, apprécient la bière et le jambon du pays, et m'ont prévenue qu'ils nous suivraient partout, toutes les deux. J'ai cru les avoir en leur disant que je faisais deux heures d'équitation chaque matin. Ils m'ont répondu qu'ils adoraient les chevaux! D'où les sortez-vous?

– Ce sont les prétendants de Janet... Chérie, ne quittez pas Marie-Françoise d'une semelle, vous non plus. Je ne suis pas tellement tranquille. Flûte, il faut que je vous quitte! On choisit toujours le moment où vous me téléphonez pour sonner à ma porte.

– 6 heures, c'est l'heure des jolies femmes...

– En fait de jolies femmes, ce doit être Poids-Lourd, ou Bill!

La main sur son revolver, John alla entrebâiller la porte, et, stupéfait, aperçut Minx qui le regardait en riant :

– Quel charmant accueil! Vous avez tellement peur de moi?

Après un coup d'œil dans le couloir désert, John fit entrer la jeune femme :

– Non, pas si vous êtes seule. Mais vos amis sont un peu trop brutaux pour moi!

– Oh! mes amis! soupira Minx.
– Grunfeld vous a rendu la liberté?
– Oui. Il avait besoin de moi pour un petit travail... (Elle fit une grimace expressive.) Mannering, je suis venue vous parler franchement. Je ferais n'importe quoi pour quitter Lew et sa clique, vous l'avez deviné l'autre soir. Mais c'est difficile.

Elle s'arrêta et parut hésiter. John vint à son aide :

– C'est lui qui vous fournit votre cocaïne, n'est-ce pas?
– Exactement!

John la dévisageait, surpris. Où était la vamp de l'autre soir, ou la demi-folle qui se traînait aux pieds de Grunfeld... Il avait devant lui une jeune femme charmante, qui parlait posément et sans la moindre trace de coquetterie.

– Vous seul pouvez m'aider!
– Comme trafiquant de drogues, je ne vaux pas grand-chose.
– Vous n'en savez rien! Vous pourriez m'en livrer une quantité considérable. Je sais où elle est, mais je n'ai pas le courage de la prendre toute seule.
– C'est à Lambeth.
– Non. Je ne connais pas l'adresse de Lambeth. A Battersea. 18 Lorler Drive. Grunfeld y entrepose un stock énorme.

Elle regarda John droit dans les yeux :

– Je vous propose un marché : je vous fais entrer à Battersea. J'y habite, et la nuit, Grunfeld n'y est jamais. Vous vous emparez de la cocaïne, et vous me la donnez.
– Et que me donnez-vous en échange?
– Quatre Etoiles de diamant, répondit calmement Minx.

John resta deux secondes silencieux, puis éclata de rire.

– Je m'en doutais! Il n'y avait guère que vous qui pouviez les avoir! Ma foi, le marché m'intéresse...

– Vous avez du papier et un crayon! Je vais vous faire le plan de la maison, fit Minx avec un clin d'œil joyeux.

Grunfeld contempla d'un air satisfait la « petite panoplie du Baron » que Labat venait de déposer sur son bureau.

– Le pistolet... le masque blanc, je ne m'étais pas trompé, vous voyez!

– Et toi, Minx?

– Mannering viendra ce soir vers minuit à Battersea...

– Parfait! Tout sera prêt vers minuit, Labat?

– Largement, patron!

– Eh bien, il n'y a plus qu'à attendre.

Grunfeld se tut et sourit méchamment. Minx frissonna :

– Ne fais pas cette tête-là, Lew. Tu ressembles à un chat qui guette un oiseau...

– Mêle-toi de ce qui te regarde! Ceci dit, tu ne te trompes pas. J'attends un oiseau... et quel oiseau!

XVII

John avait accompagné Minx chez sa modiste où elle devait passer prendre un chapeau. Mais le chapeau n'était évidemment pas prêt, et ils attendirent un long moment. Puis il laissa la jeune femme dans un taxi, car elle rentrait à Battersea, et revint chez lui de fort bonne humeur. Enfin il tenait les Etoiles... et surtout le moyen de livrer Grunfeld à la police.

Sans aucun doute, il trouverait au 18, Lorler Drive des preuves suffisantes pour faire coffrer son adversaire, sinon pour le meurtre de La Roche-Cassel, du moins pour trafic de drogue. La franchise de Minx avait fini par convaincre John. Pendant un moment, il s'était méfié : il savait que les drogués mentent avec une facilité extraordinaire. Toute cette histoire était peut-être montée par Grunfeld de A jusqu'à Z. Mais en réfléchissant, il se dit que la démarche de la jeune femme était tout à fait naturelle, et décida qu'il pouvait lui faire confiance.

Il ouvrit la porte de son appartement et, surpris, se mit à renifler : à l'odeur de tabac blond et de lavande qui l'accueillait d'habitude se mêlait un parfum étranger...

– Idiot que je suis : c'est *Miss Dior*. Minx m'a avoué que c'était son parfum!

Mais l'explication ne le satisfaisait pas tout à fait :

il y avait autre chose... Un vague relent de tabac, brun et fort. Et Minx n'avait pas fumé! Les sens en éveil, il tira son revolver de sa poche et fit le tour de l'appartement, soulevant chaque rideau, ouvrant chaque placard... Personne! Soudain il tressaillit! sur le carrelage de la salle de bains, devant la baignoire, gisait un petit mégot. John le ramassa : c'était un mégot de Gauloise!

Aussitôt il se précipita vers le placard où il dissimulait sa « panoplie de Baron » et l'ouvrit : le placard était vide!

John se mit à jurer énergiquement. Le mégot n'était pas là tout à l'heure, quand il s'était lavé les mains, avant l'arrivée de Minx. Qui diable avait pu venir perquisitionner chez lui? La police? Peu probable : il aurait trouvé Bill triomphant et désolé, les menottes à la main... Grunfeld, plutôt. Mais pourquoi? Comment Grunfeld pouvait espérer trouver l'équipement du Baron chez Mannering? Et dans ce cas, Minx était-elle au courant de la visite, et chargée d'éloigner John?

Agacé et vaguement inquiet, John décida que le plus urgent était d'aller récupérer l'équipement qu'il avait laissé à Fuller Mansions, d'autant plus que Bidau était peut-être venu lui porter un message là-bas.

Il sortit sans perdre de temps, s'assura que personne ne le suivait, et arriva à Fuller Mansions dix minutes plus tard. Il ouvrit la porte, et s'arrêta stupéfait : debout au milieu du studio, Bidau braquait sur lui un 7,65 d'aspect fort peu accueillant.

– Haut les mains! Vite!

Une seconde la pensée que le Français l'avait joué, et travaillait pour Grunfeld traversa l'esprit de John, mais tout à coup il comprit : Bidau ne connaissait que Mr Moore, il ne s'attendait nullement à voir un homme jeune et élégant débarquer chez le vieux monsieur comme s'il était chez lui.

– Qu'est-ce que vous faites ici? Vous allez attendre que le propriétaire arrive et vous vous expliquerez avec lui.

John éclata de rire et prit la voix que Bidau avait entendue la veille au soir : rauque et agressive.

– Et alors, Bidau, vous trouvez que nous avons du temps à perdre?

– Bon Dieu! dit Bidau, en laissant tomber sa main. Le Baron? Mais...

– Parfaitement, le Baron... Sous son aspect le plus usuel. Dans un petit coffret, qui doit être dans la salle de bains si vous n'y avez pas touché, vous trouverez les fausses joues et les affreuses dents du monsieur d'hier soir.

– Mais votre voix?

– Pendant deux ans, j'ai travaillé avec un des meilleurs acteurs de Londres. Voulez-vous que je vous imite un noble espagnol, un professeur allemand ou un grand couturier français... Ou plutôt Mr Garston? Mais, sans vous faire de reproches, pourquoi êtes-vous rentré ici?

– Je voulais vous parler, monsieur. Je n'ai pas retrouvé l'homme qui m'avait mis en rapport avec Garston. Mais cet après-midi je suis allé jeter un coup d'œil sur la maison de Battersea...

– Bonne idée, et alors?

– J'ai vu sortir la donzelle de la photo... Vous savez, la photo qui était dans le portefeuille de Garston... Elle était avec Labat et son collègue.

– Elle habite à Battersea. Bidau. C'est tout naturel.

– Ah bon! (Bidau parut tout déconcerté, mais se reprit vite.) C'est peut-être naturel, mais à votre place, je me méfierais.

– Votre conseil ne peut pas mieux tomber, mon

vieux! Elle sort de chez moi. Elle venait m'inviter à une petite soirée tout à fait intéressante.

– Je ne veux pas me mêler de ce qui ne me regarde pas, monsieur; mais si j'étais vous, je n'irais pas.

– Ma foi, j'étais justement en train de peser le pour et le contre... Nous allons prendre un verre ensemble et vous me donnerez votre avis...

Après avoir écouté John, Bidau fut catégorique :

– Ils vous tendent un piège, monsieur.

– C'est bien possible. Nous allons voir ça tout de suite.

Il prit le téléphone, et fit le numéro de Grunfeld à Battersea. Une voix neutre répondit :

– Mr Greenfield n'est pas là, monsieur. C'est de la part de qui?

– Pas possible! Allez donc le chercher quand même et dites-lui que c'est un monsieur qui refuse de dire son nom, vous verrez comme il se dépêchera.

L'autre ne répondit rien mais dix secondes après, John reconnaissait la voix de Grunfeld. Cette fois elle avait un petit accent triomphant :

– Mannering, je suppose? Ou puis-je vous appeler par votre autre nom?... Je crois que nous sommes à égalité, maintenant. Vous m'avez menacé de faire des révélations à la police... Je pourrais bien vous imiter.

– Quand vous aurez fini de parler par énigmes, je comprendrai peut-être de quoi il retourne!

– En effet, nous n'avons pas le temps de jouer au plus malin : j'ai envoyé quelqu'un chez vous cet après-midi, et je sais parfaitement qui vous êtes. Et non seulement je le sais, mais j'ai des preuves.

– Bah! fit John d'un ton dédaigneux. Un morceau

d'étoffe et un vieux tromblon!... Cela pourrait sortir de n'importe quel bazar. Et votre parole contre la mienne : la parole d'un assassin contre celle d'un garçon charmant et honorablement connu. Vous n'avez aucune chance. Et comme je ne pense pas que vous ayez la prétention de faire témoigner Labat, recherché pour meurtre, ou Minx... intoxiquée jusqu'aux oreilles! Non, croyez-moi, Grunfeld, vous avez tiré une carte, mais elle ne vaut pas grand-chose. A propos de Minx, c'est une merveilleuse actrice. Et elle a vraiment fait ce qu'elle a pu pour m'attirer dans votre guet-apens, ce soir, mais vous auriez dû choisir un hameçon un peu moins gros.

John entendit distinctement le soupir de contrariété que poussa Grunfeld, et comprit qu'il avait deviné juste.

– Inutile de me préparer une réception soignée... Mais soyez gentil, dites-moi la vérité : les Etoiles, c'est une blague, n'est-ce pas? Minx ne les a pas?

– Evidemment non! fit Grunfeld, d'une voix découragée – et John décida d'attaquer.

– Grunfeld, puisque vous savez qui je suis, si nous jouions un autre jeu? John Mannering ne pouvait pas accepter de se joindre à vous. Mais pour le Baron... c'est bien différent. Qu'est-ce que vous en pensez?

La voix de Grunfeld se fit presque joyeuse :

– Enfin, vous parlez intelligemment! Vous avez toujours envie des Etoiles, hein?

– Plus que jamais, oui.

– Alors, voilà ce que je vous propose : vous me fichez la paix, et moi je vous avertis dès que j'aurai retrouvé les Etoiles. Et j'ai l'impression que je touche au but. Ça vous va?

– Cela me va, oui... Si toutefois vous êtes capable de ne pas tricher.

– Je vous assure que je serai régulier : je n'ai aucune envie de voir arriver la police ici.

– D'ailleurs, dit John, très aimable, je tiens à vous préciser quelque chose. Comme vous le savez probablement le Baron n'a jamais tué. Mais je n'hésiterais pas une seconde à débarrasser la société d'un requin tel que vous si vous essayiez de me doubler... Mettez-vous bien cela dans la tête et maintenant je vous salue : j'ai un grand dîner ce soir et je suis déjà en retard.

– Entendu, je vous téléphonerai demain, vous me direz ce que vous avez décidé.

John raccrocha et se tourna vers Bidau en souriant.

– C'est égal. Sans vous je me serais peut-être fait posséder...

– On ne se méfie jamais assez des femmes, monsieur, croyez-en mon expérience.

– Je suis quand même curieux de savoir quel genre de réception Grunfeld m'avait préparée.

– C'est très simple, monsieur, allons voir.

– C'était bien mon intention. Maintenant, Grunfeld doit être persuadé que j'ai renoncé à lui rendre visite. Et je voudrais récupérer l'équipement du Baron, mettre la main sur la cocaïne signalée par Minx, et éventuellement trouver l'adresse de Lambeth. Et puis ce serait vraiment dommage de ne pas profiter des plans que cette petite rosse a si gentiment dessinés. Elle m'a même fait un croquis du système d'alarme... Seulement, vous m'attendrez ici, Bidau.

– Non, monsieur. Je sais que le Baron a toujours travaillé en solitaire, mais ce soir, vous pouvez bien faire une exception! D'ailleurs, si vous trouvez de la drogue ou des papiers intéressants nous ne serons pas trop de deux pour les ramener... c'est plus encombrant que des bijoux. Et puis si vous voulez que je travaille pour vous, il faut que vous me mettiez à l'épreuve. Je vais commencer par faire du café. Réfléchissez pendant ce temps, mais je vous en prie, permettez-moi de venir avec vous.

– Comme vous voudrez, Bidau. Mais supposons que Grunfeld n'ait pas décommandé sa petite réception... Vous êtes prêt à la partager avec moi?

– Parfaitement prêt...

Et Bidau disparut pour préparer son café.

Vers 10 heures du soir, Grunfeld arrivait à Lambeth et convoquait immédiatement Labat dans son bureau.

– Tu m'as amené Garston?

– Il est dans la chambre nº 3... pas très rassuré, je dois dire. Je retourne à Battersea brancher mon installation?

– Non. J'ai changé d'avis. D'abord elle ne servirait pas à grand-chose, ton installation : Mannering ne vient pas. Il est plus fort que je ne le pensais, ou bien Minx s'est mal débrouillée. Toujours est-il qu'il a deviné que nous lui tendions un piège.

Labat jura grossièrement, tandis que Grunfeld continuait :

– Et puis j'ai réfléchi : Mannering peut nous rendre service. Il m'a avoué qu'il était bien le Baron : s'il y a un homme en Angleterre capable de retrouver les Etoiles, c'est lui... Nous avons fait un marché : il nous laisse tranquilles, et si je trouve les Etoiles avant lui, je les lui vends. Tu penses bien que je les récupérerai aussitôt... et il sera toujours temps alors de lui faire visiter Battersea.

Labat soupira et tendit à Grunfeld une lettre décachetée :

– Ah! vous auriez dû vous faire dame de charité, vous. Vous êtes vraiment d'une crédulité... Votre Mannering vous a roulé une fois de plus. Savez-vous où est la petite La Roche-Cassel? Chez miss Fauntley, dans un château du Hampshire! Et flanquée de deux solides gardes du corps! Tenez, lisez...

Grunfeld se mit à rire :

– Sacré Mannering! Mais tu te trompes, il ne m'a pas eu, Labat, au contraire : nous savons maintenant où trouver les deux poupées, et nous allons faire un beau doublé. Une fois que nous tiendrons miss Fauntley, je n'aurai plus rien à craindre de Mannering. Prépare-moi un petit enlèvement soigné pour demain matin. Un château, dans le Hampshire, je vois ça d'ici, ce doit être isolé à souhait! Pendant ce temps, je descends bavarder avec notre ami Garston.

La conversation ne dura pas longtemps.

Vingt minutes plus tard, proprement ficelé dans un sac bien lesté, Garston partait rejoindre les poissons au fond de la Tamise, et Grunfeld remontait dans son bureau, l'air sombre.

– Alors, vous savez qui a les Etoiles, patron?

– Non, avoua Grunfeld. Il a acheté la sienne à un type qu'il n'avait jamais vu ni d'Eve ni d'Adam, et qui n'a rien voulu lui dire.

– Un intermédiaire probablement. Et il ne l'a pas fait suivre, cet imbécile?

– Même pas! Ses hommes étaient sortis et Monsieur n'a pas voulu se déranger. Je ne regrette pas de m'en être enfin débarrassé. Et toi, tu crois que tu pourras m'amener ces demoiselles?

– J'attends Haramboure, patron, et nous filerons aussitôt dans le Hampshire.

– Haramboure et toi... c'est peu. Prends au moins un autre homme, Labat. Je ne veux à aucun prix qu'elles nous échappent!

Vers 10 heures, le même soir, Mr Moore et Bidau, tranquillement installés dans une petite Morris de location, surveillaient discrètement la porte du 18, Lorler Drive. John savait par Minx que c'était là la seule entrée, et qu'en principe tout le monde quittait la maison entre 10 et 11 heures. En effet, ils virent sortir successivement un individu très digne – probablement un domestique – et un autre d'allure moins respectable.

– Haramboure, murmura Bidau.

– Vous le connaissez?

– Si je le connais! Nous étions en classe ensemble, monsieur. Dommage qu'il ait si mal tourné.

– Le croyez-vous capable de doubler Grunfeld?

– Certainement pas : il n'est pas très malin. Mais tout à fait capable d'installer un système d'alarme au poil, ça oui : c'était un excellent électricien!

– Un électricien, tiens!

Ils se mirent à fumer en silence. Vers 11 heures, John chargea Bidau d'aller à la première cabine téléphonique venue, et d'appeler le 18, Lorler Drive...

– Si on vous répond, vous raccrocherez. Mais laissez sonner quelques instants!

Cinq minutes après, Bidau revenait en courant : personne n'avait décroché...

– Alors je crois que nous pouvons y aller. Mais attention : souvenez-vous de la décharge électrique qui nous a accueillis chez Garston!

Heureusement pour les deux compères, la maison donnait d'un côté sur une impasse déserte et ils pouvaient espérer y travailler tranquillement. Cette fois, John prudent, s'était muni d'un galvanomètre. D'autre part, Minx lui avait indiqué les endroits exacts où passaient les fils du système d'alarme. Il ne fallut donc pas longtemps aux deux hommes, silencieux et rapides, pour fracturer un épais volet de bois et tailler une grande ouverture dans une vitre. Bidau maniait le diamant de vitrier avec dextérité, pendant que John maintenait la ventouse en caoutchouc. Derrière la vitre, il y avait un volet de fer, assez mince, mais John le savait parcouru par un courant électrique très puissant : l'aiguille du galvanomètre le lui confirma. Il enfila des gants de caoutchouc extrêmement épais, dont les doigts se terminaient par de petites gaines d'ébonite. Armé d'un chalumeau oxhydrique guère plus gros qu'un paquet de cigarettes, John commença à découper l'acier du volet. Ses étranges gants rendaient ses mouvements maladroits, et il n'allait pas très vite, mais au moins était-il parfaitement isolé. Bidau faisait le guet, passait les instruments, et dissimulait de son mieux la lueur du chalumeau à l'aide d'un morceau de tissu caoutchouté, sans pouvoir s'empêcher de commenter avec admiration la parfaite organisation du Baron.

En dix minutes, John eut découpé un trou suffisant pour passer la main et ouvrir le volet intérieur. Les deux hommes sautèrent dans la pièce qui, comme l'avait annoncé Minx, était une bibliothèque. Fermée à clef, d'ailleurs. Bidau prit une leçon de crochetage fort intéressante, et les deux hommes passèrent dans un grand hall.

– Et maintenant, le bureau de Grunfeld ! Il est au premier étage.

– A votre place, monsieur, je m'occuperais d'abord de couper le courant. Si c'est Haramboure qui a installé tout cela, il n'a pas dû s'en tenir aux volets des fenêtres.

Bidau avait raison : grâce au galvanomètre, ils s'aperçurent qu'un courant électrique encore plus puissant passait dans presque toutes les portes.

– Ce doit être bien précieux, ce qu'il cache dans

sa cambuse, votre Grunfeld, monsieur! Si nous cherchions la dynamo? Il y en a certainement une, avec une installation pareille.

– Probablement, oui. Commençons par le sous-sol.

En effet, au sous-sol, dans une pièce cimentée et parfaitement nue, ils virent une porte sur laquelle on lisait en grandes lettres rouges : « Si vous ne tenez pas à brûler vif, ne touchez pas à cette porte. »

– Ma foi, nous allons suivre leur conseil. Tenez, regardez ce câble d'acier, là; je vous parie que c'est lui qui commande le système d'alarme.

– Si seulement nous pouvions le couper...

– Le couper! Nous allons le faire sauter, Bidau. Vous ne pensez pas que je me promène sans dynamite, non!

Rapidement il coinça un petit bâton d'explosif entre le tuyau et le mur qu'il longeait, y fixa une mèche et l'alluma.

– Venez, nous avons trois minutes devant nous, nous serons mieux dans le hall.

Trois minutes après exactement, les deux hommes entendirent une sourde détonation. John, qui s'était jusqu'ici éclairé uniquement avec sa torche, tourna un commutateur : un lustre s'alluma.

– Zut, c'est raté, fit Bidau.

– Pourquoi? Ce n'est pas forcément le même câble qui commande le système d'alarme et l'éclairage de la maison... (John approcha le galvanomètre d'une serrure : l'aiguille ne bougea pas.) Vous voyez! En route pour le premier.

Arrivé devant la porte du bureau, Bidau sourit :

– Pour une fois, monsieur, je me permettrai de vous précéder.

Et sans attendre la réponse de John il poussa le battant et entra.

– Tout va bien! soupira John. On dirait que Mr Grunfeld a oublié sa petite réception.

Il alluma un lustre de cristal qui se mit à étinceler de mille feux. Le bureau de Grunfeld n'avait de « bureau » que le nom. En réalité, c'était une pièce somptueusement meublée, que déparait seulement, dans un coin, un imposant coffre-fort.

– Ça, c'est pour moi! Pendant que je m'occupe de cette armoire à glace, Bidau, cherchez donc un peu partout. La cocaïne est dans cette pièce, mais Minx n'a pas pu ou pas voulu me dire exactement où.

John se pencha sur la serrure du coffre et commença à travailler. La présence du Français lui enlevait le sentiment d'angoisse qui l'accompagnait d'habitude, et il n'avait jamais été plus à son aise. Soudain il entendit une brève exclamation :

– Les salauds!

Il se retourna. Debout devant la porte du bureau, Bidau regardait en l'air.

– Ah! vous vouliez savoir quel genre de réception ils vous préparaient, monsieur! Eh bien c'était gratiné... (Et Bidau frémit.) Si je puis m'exprimer ainsi.

John leva le nez, et, surpris, vit un objet parfaitement inoffensif en apparence, mais pour le moins déplacé dans un bureau : un pommeau de douche!

– Je ne comprends pas!

– Moi si, monsieur. C'est horrible! Et bien digne de Grunfeld!

– Eh bien, il voulait me faire prendre une douche, non? plaisanta John. Vous avez peur que ce soit un acide?

– Pas besoin d'acide, monsieur. C'est probablement l'eau du robinet...

– ... Qui n'a jamais tué personne.

– Sauf si on se trouve sur un parquet électrifié d'un bout à l'autre, et si on s'appuie à une porte également parcourue par un courant électrique.

John, horrifié, commençait à comprendre :

– Mais si la porte avait été électrifiée, Bidau, je n'aurais pas pu l'ouvrir...

– Justement, monsieur, je vous parie n'importe-quoi qu'ils auraient coupé le courant jusqu'à ce que vous arriviez à la porte. Vous l'auriez alors ouverte sans vous douter de rien, et vous vous seriez fait inonder. Venez voir : la douche est reliée à la serrure, qui doit la déclencher automatiquement... A ce moment-là, Labat ou Haramboure, du bureau ou du sous-sol, aurait remis le contact... Et vous grilliez comme une pomme de pin, avant d'avoir compris ce qui vous arrivait. Quand je vous disais que ce sont des salauds! (Bidau était blême de colère.) Mais nous allons leur jouer un tour auquel ils ne s'attendent pas! Je vais la trouver, moi, leur camelote!

Et avec une rapidité incroyable, le jeune Français se mit à soulever les coussins, à renverser les sièges, décrochant les tableaux et éparpillant les livres. Amusé, John en oublia la nausée qui avait failli le secouer.

– Je retourne à mon coffre-fort.

Bidau soulevait le tapis de haute laine qui recouvrait tout le plancher :

– Vous voyez, Monsieur. Je ne me suis pas trompé : des lames d'acier. Electrifiées, certainement. (D'un coup de pied rageur, il envoya promener le tapis :) Tiens, ça s'arrête là... Ici, c'est de nouveau du bois. Pourquoi?

John se pencha rapidement :

– Je sais pourquoi. Regardez!

Avec un petit ciseau, il souleva une lamelle de

bois… et les deux hommes aperçurent, soigneusement rangés, de jolis petits paquets bien ficelés. Vivement ils firent sauter les lattes voisines. Sur un espace de près de deux mètres carrés, le plancher était creux, et plein de paquets tous identiques, qui pesaient chacun leur bonne livre!

– Sur ce sujet au moins, Minx ne m'a pas menti! Il y a là de quoi alimenter tous les drogués de Londres pendant plusieurs mois!

Bidau ouvrait tout grands ses yeux pervenche :

– Je comprends maintenant pourquoi Grunfeld a fait installer un système d'alarme aussi perfectionné!

– Et moi je sais ce que Garston cache dans son grenier… ce grenier défendu par des serrures de coffre-fort! A propos de coffre-fort, il faut que je retourne au travail… Nous tenons la drogue, c'est entendu, et nous allons en emporter un peu, d'ailleurs. Mais je veux aussi mon masque et tout l'attirail que Labat m'a chipé. Une fois que je l'aurai récupéré, Grunfeld ne pourra rien contre moi, acheva John.

Sans savoir qu'au même moment, Labat, au volant de sa grosse Jaguar noire, roulait vers le Hampshire… et vers Lorna.

XVIII

Mannering et Bidau quittèrent sans encombre Lorler Drive, rentrèrent à Fuller Mansions et, tout en buvant force café, parcoururent attentivement les papiers que John avait pu rafler chez Grunfeld. Ils trouvèrent plusieurs documents intéressants : Grunfeld dirigeait une organisation européenne qui se chargeait de répartir la drogue sur le Continent et en Angleterre. Garston était son principal revendeur à Londres et se chargeait d'écouler la marchandise dans ses bureaux de tabac. Ils apprirent aussi que Labat partageait son temps entre Londres et Paris et que Minx n'était qu'une comparse qui avait eu l'honneur insigne de plaire à Grunfeld. Et surtout que Grunfeld avait réussi jusqu'ici à demeurer parfaitement ignoré des polices de tous les pays.

Ils travaillèrent jusqu'au matin. Puis John s'assoupit pendant que Bidau allait acheter des œufs et du jambon. Vers 11 heures, le Français réveilla Mannering en lui apportant une tasse de thé.

– Vous faites le café comme un Italien, et le thé comme un Anglais. Cela ne vous dirait rien de reprendre votre ancien métier? J'ai besoin d'un valet de chambre, moi. Et je me moque pas mal qu'il ait ou non une cicatrice. J'y pense : j'ai oublié de me présenter. Dans la vie courante, je m'appelle John Mannering.

Les yeux pervenche sourirent :

– Je vous remercie de votre confiance. Et moi Jean Bidau.

– Vous allez m'accompagner chez moi. Ici, ce n'est que le pied-à-terre du Baron. En passant, je m'arrêterai à ma banque et je déposerai dans mon coffre tous ces papiers.

Ils se rendirent tous deux à Clardges Street, où, comme John s'y attendait, le téléphone se mit bientôt à sonner. Ce fut d'abord Janet, qui voulait savoir si les jumeaux avaient pu être utiles à Mr Mannering. Puis Bristow : sir David allait mieux, Lynch plutôt moins bien et...

– Et vous, vous êtes de mauvaise humeur. Bill, je ne désespère pas de vous offrir sous peu un cadeau qui vous fera un très grand plaisir. Mais c'est une surprise. Alors soyez gentil : ne me posez pas de questions, et je ne vous raconterai pas de mensonges.

Avec un soupir excédé, Bill raccrocha.

– Vous avez entendu un échantillon de mes conversations avec Scotland Yard, mon cher Bidau. Vous voyez que je suis à tu et à toi avec eux. Cela ne vous fait pas peur?

Le téléphone sonnait à nouveau. Cette fois, c'était Grunfeld. Mais John reconnut à peine sa voix, tellement elle était violente, sauvage, étranglée de rage.

– Alors vous vous êtes bien foutu de moi! Si vous vous imaginez que je vais encaisser votre petite visite d'hier-soir...

Ironique, John commença :

– Je me moque pas mal de...

– Vous ne vous moquerez probablement pas de ce que je vais vous dire. Ecoutez-moi bien, sans m'interrompre, ou je raccroche! Dans un petit moment, Labat va venir vous chercher, et vous le suivrez, sans discussion. Il vous conduira chez moi, à Lambeth, où vous pourrez retrouver une bonne amie à vous... Une excellente amie : miss Fauntley. J'ai aussi profité de l'occasion pour mettre la main sur la petite La Roche-Cassel, mais cela vous intéresse certainement moins. Alors, attendez Labat et ne bougez pas. J'oubliais : si par hasard Labat s'apercevait qu'il est suivi, il vous débarquerait aussitôt... et miss Fauntley partirait en voyage, avec moi.

John raccrocha, pâle comme la mort. Bidau le regarda, étonné :

– Mauvaises nouvelles?

– Plutôt! Nous nous sommes réjouis trop vite, Bidau. Grunfeld avait un sérieux atout dans sa manche... Labat vient me chercher tout à l'heure, et je préférerais que vous ne soyez pas là, cela risquerait de faire du vilain.

– Qu'est-ce que je peux faire pour vous, monsieur?

– Un bon café. Et laissez-moi réfléchir.

Dix minutes après, John décrochait le téléphone. Il fit le numéro du Yard, mais l'inspecteur Bristow venait de partir.

– C'est vous Poids-Lourd? Ici, Mannering. A quelle heure revient Bill? 2 heures? Ça va. Dès qu'il arrivera, dites-lui d'envoyer des patrouilles dans tout Lambeth. Oui, Lambeth! Non, je ne sais pas exactement où. Si je le savais, je vous le dirais. Mais je vous promets du sport dans ce coin-là cet après-midi. N'oubliez pas, Tring, c'est important et dites aussi à l'inspecteur que Grunfeld a enlevé miss Fauntley. Je suis bien de votre avis, c'est épouvantable!

John raccrocha, passa dans la salle de bains et

prit dans son armoire à pharmacie une petite boîte pleine d'une poudre jaune. Fouillant dans ses poches, il y trouva une boîte d'allumettes, qu'il vida et remplit à moitié de cette poudre. Puis il alla ouvrir un tiroir de son secrétaire, prit un petit bâton de dynamite, défit le papier et laissa tomber un peu de poudre dans la boîte d'allumettes, qu'il referma soigneusement pour la glisser ensuite dans la poche de son pantalon. Bidau le suivait des yeux d'un air surpris et désolé :

– Je ne peux pas vous laisser partir avec ces brutes, monsieur...

– C'est pourtant la seule solution, mon pauvre Bidau. Mais si je réussis mon coup, nous en aurons fini avec eux.

A 2 heures très précises, Labat et Haramboure arrivèrent.

– Comment faites-vous pour entrer chez moi comme dans un moulin? demanda John.

– J'ai ma clef, tout simplement. Et maintenant dépêchons-nous. Pour commencer, où sont les papiers que vous avez piqués cette nuit à Battersea?

– Dans mon coffre, à ma banque.

– Ça tombe bien! Nous y passons de toute façon. Vous allez retirer votre collection de bijoux et nous en faire cadeau. Vous prendrez aussi de l'argent liquide, mais pas trop pour ne pas attirer l'attention.

– Avant tout, dit John, j'ai une question à vous poser.

– Et moi je n'ai pas à vous répondre, dit sèchement Labat.

– Vous me répondrez, ou bien je ne bouge pas d'ici. Vous pourrez me transformer en passoire, si cela vous fait plaisir. Et je vous jure que je ne bluffe pas. Comment va miss Fauntley?

La bouche mince et inquiétante se tordit dans un semblant de sourire :

– Bien, rassurez-vous. Elle est avec sa nouvelle amie, la petite La Roche-Cassel. Et maintenant, en route. Inutile de vous rappeler que mon revolver est dans ma poche, et que je n'hésiterais pas à sacrifier un costume pour vous descendre.

Comme l'avait annoncé Labat, ils passèrent d'abord à la banque. Très désinvolte, John descendit à son coffre, prit tous les bijoux qui s'y trouvaient – en se félicitant d'avoir confié les plus belles pièces de sa collection à la chambre forte de lord Fauntley – et retira deux mille livres en billets de dix livres. Puis il remonta dans la grosse Jaguar noire.

Haramboure conduisait. Labat, à côté de John, fumait sans mot dire.

– Comment pouvez-vous tuer n'importe qui, comme cela, sans trop savoir pourquoi, Labat? demanda John, de l'air débonnaire et indulgent d'un confesseur ou d'un psychiatre...

– Probablement parce que je me fiche pas mal de mourir, répondit le Français avec simplicité.

– Cela vous est vraiment égal de mourir? fit John, étonné.

– Complètement. (Pour une fois, les yeux noirs regardèrent Mannering sans hostilité.) Depuis des années, je n'ai envie que d'une seule chose : retourner dans mon petit bled natal... Impossible, j'y suis brûlé... Alors...

– Pourtant, vous prenez tous de sérieuses précautions, dans votre troupe.

– Ça m'est bien égal de mourir, mais je ne supporterais pas de passer vingt-quatre heures en prison. Et puis cessez de bavarder, et mettez ces lunettes.

Lorsque les trois hommes entrèrent dans le bureau de Grunfeld, à Lambeth, celui-ci buvait son café, Minx assise à côté de lui, souriait, les yeux brillants, les pupilles très dilatées.

– Qu'est-ce que tu ramènes, Labat? demanda Grunfeld.

Labat déposa sur une table les papiers, l'argent, les bijoux : des bagues roulèrent à terre, Minx se précipita, suivie aussitôt par Grunfeld. Labat resta impassible, un sourire méprisant aux lèvres. Mannering rencontra son regard :

– Pas très beaux à voir, hein, Labat, ces deux corbeaux.

Labat ne répondit pas. Grunfeld se releva aussi vite qu'il le put et grogna méchamment :

– Labat, gifle-moi ce coco-là.

Tranquillement, Labat déclara :

– Je veux bien le tuer, patron, mais pas le gifler. Après tout, il a du cran...

– A toi alors, Haramboure.

– Tiens, l'électricien! murmura John... Il va faire des étincelles celui-là.

A peine avait-il terminé sa phrase, que la lourde main de Grunfeld le frappait en plein visage : une fois, deux fois, trois fois. John serra les dents sans rien dire. Finalement, reprenant son souffle, il parvint à murmurer :

– Alors, Minx, vous n'intervenez pas? J'ai pris votre défense, moi, l'autre jour.

La jeune femme baissa la tête sans répondre. Labat s'avança.

– Vous trouvez que nous avons tellement de temps à perdre, patron? Mannering, une question et ce sera tout : où sont les Etoiles?

Mannering regarda Labat dans les yeux :

– Pour rien au monde je n'aurais répondu à votre affreux patron, mais vous... Seulement, je n'en sais absolument rien, et je m'en fiche complètement à l'heure qu'il est. Je suis venu chercher Lorna, et tout le reste m'indiffère.

– Tu t'imagines que je vais te la rendre, ta Lorna? Tu rêves, mon garçon, ricana Grunfeld.

– Alors, c'est qu'elle n'est pas ici. Vous m'avez bluffé.

– Si, elle est ici... Tiens, voilà sa cravache... C'est même une belle tête de pioche, elle n'a pas dit un mot. Ce n'est pas comme la Française. Nous nous sommes fait traiter de tous les noms. Elle est amusante, cette petite. (Grunfeld éclata d'un rire épais.) Ne t'inquiète surtout pas pour elles : je compte bien m'en occuper. Et elles ne s'ennuieront pas : je vais leur faire goûter les charmes de la cocaïne. Dans un mois elles seront comme Minx... Prêtes à tout, pourvu que je leur donne leur drogue.

La voix gutturale continuait à parler, mais John ne l'entendait plus; il lui semblait avancer dans un épais brouillard, qui allait en s'épaississant et menaçait de l'étouffer. Depuis le coup de téléphone de Grunfeld, il tremblait pour la vie de Lorna, mais c'était bien pire : Lorna droguée! Il la connaissait assez pour savoir qu'elle lutterait le plus longtemps possible. Mais il savait également que le caractère le mieux trempé finit par céder à la drogue... Il revit Minx, à genoux, suppliant, hurlant... Lorna droguée!... La voix de Grunfeld lui parvint enfin :

– ... Je n'oublie pas que son père a une des plus belles collections de bijoux de toute l'Angleterre. De quoi nous remplir les poches. Quant à la petite Française, elle est assez jolie pour remplacer Minx quand celle-ci sera finie, ce qui ne tardera pas du train dont elle y va!

Minx poussa un cri de rage et s'élança, tous ongles dehors, sur Grunfeld qui, d'une bourrade, l'envoya rouler par terre.

– Nous allons quitter cet appartement, Mannering, j'ai une maison charmante à la campagne. Mais avant de partir, je vais enfin vous liquider.

– J'ai quelque chose à vous dire, articula John comme dans un rêve.

Il n'avait plus qu'une idée maintenant : gagner du temps. Si Bristow, averti par Bidau, retrouvait sa trace, la police serait ici vers 4 heures environ...

– J'ai quelque chose à vous dire, répéta-t-il : j'ai donné l'adresse de Garston à la police. Ils le feront parler.

Grunfeld eut un vilain rire :

– Il ne dira pas grand-chose, rassure-toi.

– J'ai aussi donné l'adresse de Battersea. La police doit y aller faire une descente, ce soir, à minuit. Vous auriez le temps d'aller déménager votre camelote...

Grunfeld haussa les épaules :

– Tant pis pour la camelote. Nous avons tes bijoux en échange et bientôt ceux de lord Fauntley. L'un compense l'autre...

– Grunfeld, puisque vous allez me tuer, vous me laisserez bien faire mes adieux à miss Fauntley?

– Pas question, dit Grunfeld.

Mais Labat intervint :

– Pourquoi pas, patron? S'il préfère cela au verre de rhum et à la cigarette.

– Tu ne vois pas qu'il veut gagner du temps? Qu'est-ce qu'il s'imagine, que je vais changer d'idée?

Soudain, dans la pièce tranquille, une sonnerie étouffée se fit entendre! Grunfeld pâlit affreusement. Minx poussa un cri de frayeur. Seul Labat ne broncha pas, mais ses doigts se serrèrent sur son arme. D'une voix rauque, Grunfeld murmura :

– Qu'est-ce que cela peut bien être?

Labat sortit rapidement et, par la porte entrouverte, on l'entendit discuter avec un interlocuteur invisible.

– Il faut que je prévienne le patron, Labat, la police est dans la rue. Nous sommes cernés!

Mannering ne put retenir une exclamation étonnée : il avait reconnu la voix insolente, nasillarde et légèrement traînante.

Au même instant, plus jeune coq que jamais, Clayton apparut sur le seuil.

Clayton, qui appelait Grunfeld *patron*!

– Tu es sûr de ce que tu avances, Richard? dit Grunfeld hors de lui.

– Et comment!

– J'ai tout fermé, ils ne peuvent pas entrer, patron, remarqua Labat, toujours très calme.

– De toute façon, nous pouvons filer par la rivière. (Grunfeld s'était ressaisi.) Je prends ce qu'il nous faut; pendant ce temps, toi, Labat, conduis Mannering en bas, règle-lui son compte et ramène les deux femmes. Haramboure et Richard, allez mettre le canot en marche. Et que personne ne s'affole, nous avons le temps : il faudra d'abord que ces messieurs fassent sauter les portes! Ils en ont pour un moment!

XIX

Mannering et Labat s'engagèrent dans l'étroit corridor que John connaissait déjà et commencèrent à descendre le petit escalier. John essayait désespérément de réfléchir, mais le canon du revolver de Labat lui chatouillait le dos et lui brouillait les idées.

– Par qui m'avez-vous fait suivre, Mannering? Je n'ai rien remarqué.

– Mais vous n'étiez pas suivi! C'est beaucoup plus astucieux que cela : j'avais dans ma poche une boîte d'allumettes vidée de son contenu et remplie de soufre et de dynamite. Quand je suis descendu de voiture, j'y ai glissé ma cigarette à moitié fumée, et encore allumée... Et j'ai laissé tomber la boîte sur le trottoir. Heureusement, vous n'avez rien remarqué! La police était prévenue, bien sûr, et patrouillait dans Lambeth. La petite explosion, et surtout les vapeurs de soufre ont fait le reste : mes amis du Yard savaient où me trouver.

– Bravo, dit Labat, bon joueur, c'est digne du Baron!

Mannering s'arrêta, sans se laisser impressionner par le revolver qui s'enfonçait dans ses côtes.

– Labat, aidez-moi à en sortir, et je vous promets que la police vous laissera tranquille.

– La police anglaise, peut-être. Mais la Sûreté?

Non, cela ne m'intéresse pas. Continuez à avancer, et vite! Mais je peux pourtant faire quelque chose pour vous et pour ces filles... Je vais vous enfermer avec elles et vous laisser un revolver. Si la police parvient jusqu'à vous, vous vous en tirerez. Sinon, tuez-les toutes les deux. Tout vaut mieux pour elles que le sort qui les attend avec Grunfeld.

– Merci, Labat dit simplement John.

Ils arrivaient devant une porte numérotée 2. Labat prit une clef dans sa poche.

– C'est bien la première fois que je désobéis au patron, mais nous n'avons jamais été d'accord sur cette histoire de drogue. J'ai pu voir de près ce qu'il a fait de cette malheureuse Minx...

La porte s'ouvrit, et John aperçut d'abord Lorna, assise dans un fauteuil, très calme, les traits tirés, mais les yeux souriants; puis, debout, près de la porte, Marie-Françoise, l'air plus décidé que jamais.

– Voilà, je vous laisse. Bonne chance..., dit Labat.

Lorna ne bougea pas mais, après un clin d'œil appuyé à John, Marie-Françoise se précipita en avant et se lança en plein dans les jambes de Labat, qui, surpris, perdit l'équilibre... Une seconde seulement : le temps pour John de lui tordre le poignet. Labat lâcha son revolver, que Marie-Françoise ramassa prestement pour le tendre à John.

– Bien joué! cria Lorna debout dans son fauteuil, aussi émue, mais pas davantage, qu'à un match de boxe.

Rapide comme l'éclair, Labat s'était rejeté dans le couloir en dégainant son second revolver. John dit fermement :

– Ne bougez pas, Labat; je ne veux pas vous tuer.

Avec une ombre de sourire, le Français murmura : « Dommage! » et repoussa brusquement la porte.

John allait s'élancer à sa poursuite mais Lorna se précipita sur lui :

– Restez avec nous, je vous en prie!

Marie-Françoise, assise par terre, se frottait le genou avec une grimace.

– Je ne savais pas qu'en France les femmes jouaient au rugby. Quel beau plaquage, Marie-Françoise!

La jeune fille lui sourit, puis soudain se releva comme un diable qui sort d'une boîte.

– Mon sac, Lorna! Où est mon sac?

– Ah! ces femmes, gémit Mannering. Qu'est-ce qu'elles feraient sans leur poudrier! Tenez, il est là votre sac...

Sur une table basse, il prit le grand sac de box rouge par la poignée. Mais le sac bascula et, mal fermé, s'ouvrit. Son contenu s'éparpilla sur le tapis. Marie-Françoise se jeta à genoux, et commença fébrilement à tout rassembler.

– Vous ferez cela tout à l'heure, mon petit, venez maintenant!

Soudain, John s'arrêta : entre un poudrier d'écaille, un bâton de rouge et un mouchoir bariolé, quelque chose brillait d'un éclat extraordinaire... il entendit Lorna murmurer dans un soupir :

– Une, deux, trois, quatre... Les Etoiles, John!

Tandis que Marie-Françoise, nullement déconcertée, soupirait :

– Ah... Je suis bien contente. Je ne savais plus comment vous avouer la vérité!

– Vous les avez trouvées?

– Mais non, dit la jeune fille, en ouvrant de grands yeux innocents. Je les ai toujours eues.

Pendant quelques secondes, John réprima une furieuse envie de la gifler, comme on gifle une petite fille impertinente. Puis il éclata d'un grand rire joyeux.

– Triple gourde! Ah! vous pouvez bénir votre Etoile, c'est le cas de le dire! Une heure plus tard, vous auriez toujours pu vous expliquer avec la police. Heureusement, nous allons arranger cela. Donnez-moi ces Etoiles.

– Mais...

– Vite! (Avec un haussement d'épaules boudeur, Marie-Françoise obéit.) Et suivez-moi toutes les deux, mais de loin...

Pendant ce temps, Labat remontait à l'étage supérieur. Au moment où il atteignit le bureau, une sourde détonation ébranla les murs.

– La première porte, murmura le Français. Bah! ils en ont encore deux à faire sauter.

Et, le revolver toujours au poing, il entra dans le bureau. Debout devant son coffre-fort, Grunfeld lui tournait le dos et rangeait bijoux et papiers dans une valise. A ses côtés, Minx semblait sur le point de piquer une crise de nerfs :

– Mais tu es fou, Lew, tu ne vas pas me laisser ici! Il faut que tu m'emmènes!

– Depuis quelques jours tu ne fais que des idioties! C'est grâce à toi que Mannering s'est échappé la première fois, et tous nos embêtements viennent de là.

– Je t'en supplie, Lew, je te laisserai tranquille, je te le jure! Tu pourras faire ce que tu veux avec la petite Française! Mais je ne veux pas aller en prison!

– Bah! Ils te feront faire une petite cure, là-bas!

– Je parlerai! se mit à hurler Minx, hors d'elle. Je la connais, moi, ta maison de campagne.

Grunfeld se tourna vers elle, menaçant :

– C'est vrai! Tu pourrais parler, en effet... (Lentement, avec un sourire cruel, il prit un revolver dans sa poche et le braqua sur la jeune femme terrorisée.) Après tout, c'est tellement plus simple!

– N'est-ce pas! fit la voix tranquille de Labat...

Et il tira.

Grunfeld s'écroula sans un mot, sans un geste, un grand trou béant au front.

– Salaud, murmura doucement le Français.

Minx s'était retournée, hagarde :

– Labat! Emmenez-moi, je vous en supplie!

Elle se précipita vers lui, mais il la repoussa gentiment :

– Vous ne voudriez pas venir avec moi, Minx. Je vais trop loin...

Et, levant le bras, son étrange sourire aux lèvres, il se logea une balle dans le cœur.

Cinq minutes plus tard, John lui fermait les yeux et étendait le foulard de Lorna sur le beau visage basané. Grunfeld, lui, eut droit à un simple mouchoir. Minx s'était évanouie. Lorna s'emparait déjà d'un vase plein de roses et allait enlever les fleurs, pour verser l'eau sur la tête de la jeune femme, mais John l'arrêta.

– Non, surtout pas. Je préfère de beaucoup qu'elle ne voie pas ce que je vais faire...

Il avait pris la valise de Grunfeld et la fouillait méthodiquement. Il trouva un grand écrin de cuir rouge :

– Venez ici, Marie-Françoise. Vous allez comprendre. (Il ouvrit l'écrin. Cinq Etoiles de diamant apparurent, étincelantes, ravissantes, parfaites.) Elles vous plaisent?

– Oh! je les connais, dit Marie-Françoise, c'est moi qui les ai fait faire.

John soupira :

– Vous me faites perdre la tête. Enfin, vous m'expliquerez cela tout à l'heure. En attendant, prenez-les, et mettez-les dans votre sac.

Docilement, Marie-Françoise prit les Etoiles, et obéit.

– Il y a longtemps que vous les avez, ces Etoiles. Votre père vous les a offertes... Une lubie... Cela n'étonnera personne. Si vous ne démordez pas de cette version, la police n'aura rien à vous reprocher. Et moi, je vais mettre les vraies dans l'écrin, puis dans la valise de Grunfeld. Il n'y en a que quatre, mais Scotland Yard n'y perdra pas au change. D'autant plus qu'ils ont déjà la cinquième!

Il glissa l'écrin dans la valise, qu'il referma et alla porter devant le coffre ouvert.

– Et maintenant, le décor est planté, l'inspecteur peut faire son entrée.

XX

Vers 8 heures, le même soir, Bristow quittait Clardges Street où il venait de boire un whisky, avec Lorna, Marie-Françoise, et John. Celui-ci lui avait raconté en détail toute l'histoire, ou plutôt sa version de l'histoire.

– Si je comprends bien, Mannering, vous nous avez fait un superbe cadeau...

– Un cadeau royal! dit John en riant.

– Oh! Je ne pense pas seulement aux Etoiles, mais surtout à la drogue. Et nous ne pouvons rien vous donner en échange!

– Pourquoi pas?

– Et quoi donc? demanda l'inspecteur, surpris.

– Un valet de chambre.

– Vous nous prenez pour un bureau de placement?

– Non... A vrai dire je l'ai déjà trouvé, mon valet de chambre, et vous le connaissez : c'est lui qui est venu vous apporter mon plan de bataille, cet après-midi. Mais un de ces jours, je crains que la Sûreté ne le réclame. J'ai pensé que vous pourriez peut-être éviter cela.

– Ce doit être possible, je verrai cela, grommela Bristow. Eh bien, il ne me reste plus qu'à aller raconter tout cela à sir David d'abord, et à Lynch ensuite. Ils s'ennuient dans leurs lits, cela les distraira.

Quand Bristow fut parti, John regarda sévèrement Marie-Françoise.

– Alors, maintenant que j'ai raconté à ce pauvre Bill une histoire édifiante, voulez-vous m'expliquer ce que vous avez fait, espèce de démon?

– Oh! je sais bien que je me suis conduite comme une dinde, dit Marie-Françoise, mais j'avais tellement peur. Peur de tout le monde, même de vous!

– Sauf de Clayton, évidemment! Sainte idiote! Alors que c'est lui qui renseignait Grunfeld, heure par heure, sur vos allées et venues!

– Eh oui! soupira la jeune fille. Je m'en méfiais quand même un peu, puisque je ne lui ai jamais dit que j'avais les Etoiles.

– Si vous commenciez par le commencement, intervint Lorna.

– Oh, c'est très simple. *Primo :* je me fiance avec Richard, que je connaissais depuis longtemps. *Secondo :* il prête de l'argent à papa. *Tertio :* il se met à le lui réclamer sur tous les tons. Alors *quarto :* un beau jour, il suggère à papa qu'il devrait reprendre les Etoiles que ce méchant gouvernement français a volées jadis à notre aïeule.

– Ni plus ni moins, fit John. Alors c'est Clayton qui a mis cette idée dans la tête de votre père?

– Si vous aviez connu papa, vous auriez compris tout de suite qu'une pareille idée ne pouvait pas lui venir toute seule. Mais il a fini par accepter, quand Richard lui a présenté Grunfeld qui se chargeait du vol... Vous savez la suite.

– Pas du tout, protesta John. Je sais que Grunfeld a volé les Etoiles et les a passées à votre père, parce qu'il ne se souciait pas d'écouler une marchandise aussi dangereuse. Mais pourquoi a-t-il voulu reprendre les Etoiles, avant même que votre père me les ait vendues?

– Parce qu'il trouvait que papa ne vous en demandait pas assez cher.

– Et pourquoi, grands dieux, votre père m'apportait-il des copies?

– Depuis notre arrivée en Angleterre, j'avais remarqué que mon père était suivi partout. J'ai eu peur qu'il ne se fasse voler les Etoiles et je les ai remplacées par des imitations.

– Mais vous pensez bien que je ne les aurais pas achetées, vos imitations!

– Oh! je sais bien, c'était idiot, mais j'ai agi par impulsion. Je pensais aller vous trouver de mon côté, pendant que les deux hommes suivaient mon père. Mais ce jour-là, à ma grande surprise, c'est moi qu'ils ont suivie. Alors j'ai perdu la tête et n'ai plus pensé qu'à une seule chose : m'enfuir.

– Mais pourtant, ce n'est pas vous qui avez vendu une Etoile à Garston?

– Pas moi, non, mais le barman de l'hôtel où j'étais descendue avec papa. Un très gentil garçon, acheva Marie-Françoise, avec un sourire candide.

John et Lorna éclatèrent de rire, tandis que la jeune fille remarquait :

– Je vous ai entendu dire que Garston était mort? C'est tout ce qu'il méritait. Savez-vous ce qu'il m'a donné pour cette Etoile? Mille livres, le salaud! Il l'a certainement revendue plus cher!

– Oh! ça oui, dix fois plus cher. C'est moi qui l'ai achetée.

Marie-Françoise rougit :

– Mais alors, c'est à vous que je dois cet argent, puisque vous avez rendu cette Etoile à la police.

– Vous ne me devez rien du tout. Je me suis remboursé moi-même : Garston n'a pas gardé son argent plus de cinq minutes!

Soudain, Lorna poussa un cri :

– Mon Dieu, et les jumeaux! Je les ai complètement oubliés! Ils sont ficelés, bâillonnés, dans un fossé entre Winchester et Londres. Il faut faire quelque chose, John.

– Allons-y. D'ailleurs je vais venir passer trois ou quatre jours dans le Hampshire, moi aussi. J'ai besoin de calme. Je vais préparer ma valise et je vous accompagne.

– Vous oubliez que vous avez un valet de chambre, maintenant, dit Lorna.

Marie-Françoise avait ouvert son sac. Elle y plongea la main et tendit à John un petit mouchoir multicolore, roulé en boule. Pour la première fois, elle parut embarrassée :

– Mr Mannering, je ne pourrai jamais assez vous remercier, mais vous me feriez un très grand plaisir en les prenant...

John ouvrit le mouchoir: les Cinq Etoiles de diamant brillaient doucement d'un éclat aussi rose et aussi fascinant que les vraies.

John sourit :

– Je n'avais pas encore pensé à collectionner des copies, mais vous me donnez une idée...

Le Club des Masques

ALDING Peter
531 Le gang des incendiaires

BAHR E.J.
493 L'étau

BARNARD Robert
535 Du sang bleu sur les mains

CARR John Dickson
423 Le fantôme frappe trois coups

CHEYNEY Peter
6 Rendez-vous avec Callaghan
23 Elles ne disent jamais quand
31 Et rendez la monnaie
41 Navrée de vous avoir dérangé
57 Les courbes du destin
74 L'impossible héritage

CHRISTIE Agatha
(85 titres parus, voir catalogue général)

CURTISS Ursula
525 Que désires-tu Célia ?

DIDELOT Francis
524 La loi du talion

ENDRÈBE Maurice Bernard
512 La vieille dame sans merci
543 Gondoles pour le cimetière *(mars 85)*

EXBRAYAT
(71 titres parus, voir catalogue général)

FERM BETTY
540 Le coupe-papier de Tolède *(janv. 85)*

FERRIÈRE Jean-Pierre
515 Cadavres en vacances
536 Cadavres en goguette *(sept. 84)*

FISH et ROTHBLATT
518 Une mort providentielle

FOLEY Rae
517 Un coureur de dot
527 Requiem pour un amour perdu

GILBERT Anthony
505 Le meurtre d'Edward Ross

HINXMAN Margaret
542 Le cadavre de 19 h 32 entre en gare *(fév. 85)*

IRISH William
405 Divorce à l'américaine
430 New York blues

KRUGER Paul
513 Brelan de femmes

LACOMBE Denis
456 La morte du Causse noir
481 Un cadavre sous la cendre

LANG Maria
509 Nous étions treize en classe

LEBRUN Michel
534 La tête du client

LONG Manning
519 Noël à l'arsenic
528 Pas d'émotions pour Madame

LOVELL Marc
497 Le fantôme vous dit bonjour

MARTENSON Jan
495 Le Prix Nobel et la mort

MONAGHAN Hélène de
452 Suite en noir
502 Noirs parfums

MORTON Anthony
545 Le baron les croque *(mars 85)*
546 Le baron et le receleur *(mars 85)*
547 Le baron est bon prince *(mars 85)*
548 Noces pour le baron *(mars 85)*

PICARD Gilbert
477 Le gang du crépuscule
490 L'assassin de l'été

RATHBONE Julian
511 A couteaux tirés

IMPRIMÉ EN FRANCE PAR BRODARD ET TAUPIN
58, rue Jean Bleuzen - Vanves - Usine de La Flèche.
ISBN : 2 - 7024 - 1601 - 2

H 31/0669/7